Le Monstre de Saint-Pacôme

ŒUVRES DE JEAN-PIERRE DAVIDTS

CHEZ LE MÊME ÉDITEUR

Contes du chat gris, Boréal, collection « Boréal junior », 1994.

Nouveaux Contes du chat gris, Boréal, collection « Boréal junior », 1995.

Le chat gris raconte, Boréal, collection « Boréal junior », 1996.

Le Vaisseau du désert, « Les Mésaventures du roi Léon – 1 », Boréal, collection « Maboul », 1996.

Un amour de framboisier, « Les Mésaventures du roi Léon – 2 », Boréal, collection « Maboul », 1996.

CHEZ D'AUTRES ÉDITEURS

La Machine à laver hantée, La vache volante, 1995.

Jean-Pierre Davidts

Le Monstre de Saint-Pacôme

Les mystères d'Ariane – 1

Boréal

Les Éditions du Boréal sont inscrites au Programme
de subvention globale du Conseil des Arts du Canada
et reçoivent l'appui de la SODEC.

Illustrations : Marc Cuadrado

© Les Éditions du Boréal
Dépôt légal : 1er trimestre 1997
Bibliothèque nationale du Québec

Diffusion au Canada : Dimedia
Distribution et diffusion en Europe : Les Éditions du Seuil

Données de catalogage avant publication (Canada)
    Davidts, Jean-Pierre
    Le Monstre de Saint-Pacôme
    (Boréal Junior ; 50)
    (Les Mystères d'Ariane ; 1)
    ISBN 2-89052-809-X
    I. Cuadrado, Marc, 1959- . II. Titre. III. Collection.

PS8557.A81856M66	1997	jC843'.54	C96-941543-5
PS9557.A81856M66	1997		
PZ23.D38MO	1997		

1

Frankenstein, père et fils

Le monstre avance à pas feutrés. Horrible est un mot bien faible pour le décrire. Une chevelure orange sale lui hérisse le crâne. Sa peau verdâtre bourgeonne de pustules noires et purulentes. Il a les yeux exorbités, striés de sang, et un long nez crochu comme le bec d'un oiseau de proie. Au bout de ses grandes dents jaunes file un liquide gluant ; le même liquide dégoûtant qui pend en longs filaments à l'extrémité des énormes griffes qui menacent ma tête.

De la bouche du monstre sort un râle affreux, à faire dresser les cheveux sur la tête. Quelque chose comme « Hihîîîaaarheueuaaargh ! ». Cela ressemble un peu au bruit d'une fourchette que l'on fait grincer sur une assiette, mêlé aux gargouillis qui sortent du ventre de Pogo, le chien de Mme Tremblay, quand il a trop mangé.

À la posture du monstre, je suis sûre d'une chose : il veut m'éventrer.

Mais je ne lève même pas les yeux de mon livre.

— Si une seule goutte de ce truc dégueu tombe sur moi, j'appelle maman.

Le monstre s'arrête instantanément, comme paralysé. Il recule prudemment et sort de la pièce. Je l'entends monter d'un pas lourd l'escalier qui mène à l'étage. Boum, boum, boum. Silence. Puis, tout à coup, un grand « Aaaaaaaaaah ! » de terreur retentit dans la salle de bains que maman est en train de nettoyer. Suit une galopade, mais je serais surprise que ce soit le monstre qui pourchasse maman. À mon avis, c'est plutôt le contraire. La porte d'une chambre claque et le calme revient dans la maison.

Nous sommes vendredi le 31 octobre. Ce soir, c'est l'Halloween.

Je m'appelle Ariane Cajot et j'ai treize ans. Cette année, je me déguise en Amelia Earhart. Amelia Earhart est l'une de mes héroïnes préférées. Elle a été la première femme à traverser l'Atlantique en avion, le 22 mai 1932. Elle a aussi battu plusieurs records de vitesse et piloté un autogire — l'ancêtre des hélicoptères — qu'elle a fait grimper jusqu'à 5 535 mètres d'altitude. Amelia a disparu au-dessus du Pacifique en juillet 1937, en essayant d'accomplir le tour du monde à bord de son « Electra ». On n'a jamais retrouvé son avion.

J'aimerais, un jour, mener une vie aussi aventureuse que la sienne. En attendant, je me contente de reproduire son costume d'aviatrice.

En guise de casque, j'ai pris un bonnet de bain que j'ai coloré en brun avec une bombe de peinture, pour imiter le cuir. Papa m'a prêté son blouson d'aviateur et maman a raccourci une vieille paire de pantalons bruns un peu bouffants. En croisant deux ceintures de cuir sur un petit coussin carré, j'ai obtenu l'équivalent d'un parachute. Une paire de lunettes de natation complètent l'illusion.

Comme nous habitons à l'extrémité du village, Mireille me rejoindra à la maison après le souper. Nous ferons un côté de la grand-rue et les ruelles transversales en allant, et l'autre côté en revenant. L'aller-retour ne devrait pas nous demander plus d'une heure, car Saint-Pacôme n'est pas une grande agglomération. En réalité, elle est si petite que son nom ne figure même pas sur les cartes routières. Néanmoins, on peut récolter beaucoup de bonbons, même dans un village de une ou de deux centaines d'habitants.

— Ariane.

— Oui, m'man.

— N'oublie pas, ce soir, tu emmènes Charlie avec toi.

— Pffft !

— Et cesse de soupirer, fait maman en remontant au premier.

Charlie, c'est Charles-Élie, mon frère, mais si on m'avait demandé mon avis, on aurait dû l'appeler Dennis, comme la petite peste des dessins animés. Parfois, j'envie Mireille qui, elle, est enfant unique. Son père et sa mère tiennent l'hôtel-salle de billard-restaurant de Saint-Pacôme, qui leur appartient. Depuis que j'ai fait sa connaissance cet été, quand nous avons emménagé dans la petite maison sur la colline, à l'entrée du village, nous sommes devenues inséparables.

Une auto stoppe dans l'allée. Une portière s'ouvre et se ferme, puis des pas s'approchent de la maison. Ce doit être papa qui revient d'une urgence.

Papa est médecin de campagne. En dehors de ses jours de garde à l'hôpital, il sillonne la région pour soigner les malades, donner des consultations et réconforter les cœurs. Bien sûr, il aurait pu ouvrir un cabinet à Québec et avoir une clientèle prestigieuse comme beaucoup de ses collègues, mais maman et lui ont toujours préféré la tranquillité de la campagne à l'agitation de la ville.

— Charlie, appelle papa en entrant, viens voir ce que je rapporte.

En haut, une porte s'ouvre à la volée.

— Charlie, ne dévale pas les esc…

Trop tard. Avant que maman ait pu terminer sa phrase, ma tornade de frère arrive en trombe dans la cuisine. Curieuse de savoir ce que mon père a rapporté, j'abandonne mon livre un instant et vais aux nouvelles.

Du sac brun qu'il a déposé sur la table il tire divers objets : de fausses dents de vampire avec un mini-réservoir de ketchup afin d'imiter le sang, un œil en caoutchouc qui pend au bout de son nerf optique, des plaies suppurantes en plastique. Il a dû dévaliser le magasin de farces et attrapes, car le sac déborde de trucs tous plus horribles les uns que les autres.

— Attendez, chuchote-t-il, on va faire peur à maman.

Je suis sur le point de dire que ce n'est sans doute pas une bonne idée après ce qui vient de se passer, mais, du coin de l'œil, j'aperçois Charlie, un doigt sur la bouche, qui me fait signe de me taire.

Deux minutes plus tard, ce n'est plus mon père que j'ai devant moi, mais un mélange de Quasimodo et de Frankenstein, avec un rien de Dracula pour faire bonne mesure.

Papa se déchausse avant de grimper l'escalier à pas de loup, afin de ne pas se faire entendre par maman. Là-haut, la malheureuse époussette toujours sans se douter de rien.

Charlie appuie des deux mains sur sa bouche pour ne pas pouffer. Le grincement des lattes du plancher nous permet de suivre facilement la progression de papa dans le couloir. Le voici devant ma chambre. Il s'arrête. Je l'imagine qui prend une pose théâtrale. Puis une grosse voix d'outre-tombe fait : « C'est pour mieux te dévorer mon enfant ! » Il y a un hurlement de terreur, encore plus strident que le précédent. Un objet tombe sur le sol et se fracasse en mille morceaux.

— Ma belle porcelaine de Sèvres !!

— Euh… Excuse-moi, ma chérie… Je ne pensais pas que tu réagirais si violemment… Euh…. Attends, laisse-moi t'aider.

— Sors d'ici, crie maman. Hors de ma vue. Mais qu'ai-je donc fait au Bon Dieu pour mériter deux abrutis comme vous !

Tel père, tel fils.

Fier de son coup, Charlie n'en finit plus de rire dans la cuisine. Si fort qu'il avale de travers et s'étrangle.

Une tape dans le dos lui ferait sûrement du bien, mais tous les parents vous le diront : il ne faut pas frapper son petit frère ! C'est pourquoi je le laisse tousser et je retourne à mon livre en souriant.

2

La tanière du monstre

C'est une belle soirée d'automne. Le soleil n'a pas épargné ses rayons durant la journée, si bien que, au crépuscule, pas besoin d'enfiler des gants ou un manteau. Une agréable odeur de feuilles mortes imprègne l'air. La pleine lune, notre complice, éclaire la grand-rue qui s'est parée pour l'occasion d'une enfilade de citrouilles grimaçantes, déguisées en lampions.

Saint-Pacôme compte à peine une cinquantaine d'enfants. C'est pourquoi l'Halloween y prend un peu des airs de fête familiale. Mireille arrive à dix-huit heures, costumée en star de rock. Après avoir remis un petit sac de bonbons à chacun, maman nous libère, sans nous faire grâce de sa litanie de recommandations habituelles.

« Soyez prudents » est sa dernière consigne. Je me demande bien pourquoi, d'ailleurs. Il ne se passe jamais rien à Saint-Pacôme. Pourtant, cela ne l'empêche pas d'être inquiète. « Un accident est si vite arrivé » demeure son explication préférée. Pour lui plaire, je promets de faire très attention… puis nous dévalons quatre à quatre les cinquante-cinq marches de la petite colline sur laquelle est juchée la maison.

En bas de l'escalier, Mireille, qui est née ici et n'en est pas à son premier Halloween dans le village, suggère : « Prenons à gauche, c'est là que sont les meilleures friandises. »

Nous marchons tranquillement en bavardant de tout et de rien — surtout des garçons — pendant que Charlie fonce devant, pressé de voir son sac se remplir de bonbons dont il se gavera à en devenir malade au cours des jours à venir.

Au bout de la rue se trouve la maison de Mme Tremblay. Impossible de la manquer, il y a du plastique partout. La pelouse est jonchée de grands sacs en plastique orange gonflés de feuilles mortes sur lesquels grimace un visage peint en noir. Il y a aussi des citrouilles en plastique qui abritent une chandelle allumée et des banderoles, également en plastique, accrochées aux branches des arbres qui eux, heureusement, sont en bois.

Nous n'avons même pas le temps d'enfoncer le bouton de la sonnette que la porte s'ouvre, découvrant une sorcière en noir et en orange.

Mme Tremblay a un chapeau pointu, le nez crochu, des mains griffues et un rire aigu. Le tout en plastique. Sauf le rire, bien sûr. Il faut que je vous explique. Dans sa jeunesse, Mme Tremblay a gagné un concours de beauté organisé par un fabricant de plats en plastique. Elle a été couronnée « Reine du plastique 1948 ». Je crois bien qu'il lui en est resté quelque chose. Elle nous remet à chacun un énorme sac de bonbons en plastique. (Le sac, en plastique, pas les bonbons, quoique parfois, je me demande…)

Mireille s'apprête à traverser la rue pour gagner le trottoir d'en face, mais je l'arrête.

— Et celle-là ?

Après la maison de Mme Tremblay, il s'en trouve une autre qui passe presque inaperçue. Et pour cause. Un grand terrain — presque un parc — entouré d'une haute haie et fermé par des grilles la précède et l'isole de la grand-rue ainsi que des habitations voisines. Il s'agit d'une vieille construction en pierre grise à deux étages.

Ici, pas de lampions. Rien qui invite le passant. Tout est sombre, à l'exception d'une fenêtre qui découpe un carré jaune dans la continuité obscure du mur.

Est-ce la clarté lunaire ? Je jurerais que Mireille a blêmi.

— Cette maison-là, murmure-t-elle en s'approchant de moi, on n'y va pas.

Puis elle ajoute tout bas, comme si elle craignait qu'on l'entende : « C'est celle du monstre. »

— Le monstre ! ?

— Chut, pas si fort.

— De quoi parles-tu ? Quel monstre ?

— Je ne l'ai jamais vu, mais on raconte qu'il a l'air de sortir tout droit d'un film d'horreur. Et ce n'est pas tout.

— Qu'est-ce qu'il y a d'autre ?

— Le bruit court qu'il mange de la chair humaine.

Là, je trouve qu'elle exagère.

— Allons donc. Un cannibale à Saint-Pacôme ? Tu blagues.

— En tout cas, de temps en temps, de drôles de bruits proviennent de la maison.

— Quel genre de bruits ?

— Comme… comme des gémissements ou des hurlements d'enfants qu'on égorge !

Je vais répliquer qu'elle regarde trop la télé quand nous entendons « Ouououuuuh ». Cela dure à peine un instant, mais on jurerait un cri de souffrance. Je cherche instinctivement Charlie. Disparu ! Mon cœur fait un bond. Où est-il encore passé, celui-là ? Puis j'aperçois une petite forme noire qui presse le pas vers la maison. Le

sacripant a dû trouver un trou dans la haie et s'y faufiler. Le temps de l'imiter, il a déjà franchi la moitié de la distance.

— Charlie, Charlie, attends…

Je n'ose pas crier. Et si Mireille disait vrai? S'il existait vraiment un monstre à Saint-Pacôme?

Je suis sur le point de le rattraper quand je trébuche. Il en profite pour courir jusqu'à la porte et lève la main pour cogner.

— Non, Charlie.

Trop tard. La main retombe. Le toc-toc-toc sur le battant me paraît plus sinistre qu'entendre sonner le glas dans un cimetière. Je m'attends à ce que la porte s'ouvre dans un grincement lugubre, à ce qu'apparaisse une vision à vous faire glacer le sang dans les veines.

Mais rien n'arrive.

Charlie frappe de nouveau sans que se déclenche le moindre signe de vie.

3

Le monstre dans sa tanière

Sur le perron de la maison du monstre, Charlie se tourne vers moi.

— Y a personne, fait-il, l'air dépité.

Je pousse un soupir de soulagement.

— Allez, viens. On s'en va.

Mon frère descend les trois marches et fonce vers Mireille qui a eu le courage de me suivre mais, plus prudente, s'est arrêtée au milieu de la pelouse. Il se dépêche de regagner la rue tant il craint qu'on le prive de quelques bonbons. Mireille le suit. Quelques secondes leur suffisent pour disparaître derrière la haie. Au lieu de les imiter, je me fais la réflexion que cette histoire est parfaitement ridicule. Les monstres, ça n'existe pas. Au point où j'en suis, je pourrais risquer un coup d'œil par la fenêtre.

Arrivée à la fenêtre, je me soulève sur la pointe des pieds afin de voir à l'intérieur. Par la vitre, j'aperçois la salle à manger. La pièce est vide. Pourtant, le propriétaire doit se trouver dans les parages car, sur la cuisinière, chauffe un énorme chaudron noir d'où s'échappe une épaisse vapeur blanche. Que peut-on bien cuire dans une marmite pareille ?

Je n'ai pas le loisir d'y réfléchir très long-temps.

— Tu sais ce qui arrive aux petites curieuses dans ton genre ? gronde derrière moi une voix qu'on dirait sortie tout droit d'une tombe.

Je sursaute et me retourne. C'est lui. Le monstre. Mireille n'a pas menti. Il est vraiment affreux : l'œil droit n'est qu'un horrible globe blanchâtre, sans pupille, et la bouche est défor-mée par de grosses dents jaunâtres qui ont poussé de travers. Elles dégoulinent de salive. Une tignasse plus noire que le charbon donne à l'être difforme qui me barre le passage un air encore plus repoussant.

Et le long couteau de boucher qu'il brandit n'arrange rien à la chose.

— Peut-être aimerais-tu faire un tour dans ma cave ?

J'ignore si le monstre veut seulement me faire peur ou me souhaite vraiment du mal, mais les apparences sont contre lui, alors, sans hésiter, je lui envoie mon sac plein de bonbons dans l'estomac.

Le monstre fait « ouf » et se plie en deux en laissant tomber son couteau. J'en profite pour m'enfuir à toutes jambes vers la rue où m'attendent Mireille et Charlie.

Ce n'est qu'en sécurité, de l'autre côté de la haie, que je me retourne. Plus le moindre monstre ! Sans doute a-t-il réintégré son antre.

Mireille, qui retenait Charlie, lui rend sa liberté et me rejoint.

— Qu'est-ce que tu as ? Tu es toute pâle.

— Tu n'as rien vu ?

— Vu quoi ?

— Le monstre.

À son tour de blêmir.

— Le monstre ! Tu l'as vu ?

Je lui raconte l'apparition dans ses moindres détails. Ma description n'arrange rien à son teint, de plus en plus blafard.

— Allons-nous-en, m'exhorte-t-elle. Il pourrait revenir.

Ce serait effectivement plus prudent, mais mon sac de bonbons gît dans l'herbe, à deux pas de la maison. Pas question que le monstre profite du fruit de mon travail.

Avant que Mireille émette une objection, je refranchis la haie et traverse la moitié de la distance qui me sépare de mon butin en jetant constamment des regards à gauche et à droite

pour bien m'assurer que le monstre ne rôde pas alentour.

J'ai dû lui couper l'envie d'embêter les enfants, car il brille par son absence. Finalement, j'arrive au sac sans encombre.

Je sais, je devrais filer sans demander mon reste, mais le démon de la curiosité revient me tenter. Un jour, la curiosité me perdra (c'est maman qui dit ça). Que peut bien manigancer le monstre ?

Je m'approche de la fenêtre tout en restant sur le qui-vive, prête à détaler à la moindre alerte.

Le monstre est là qui touille son infâme ragoût avec une cuillère. Une cuillère ? Elle est bizarre, sa cuillère. Son long manche blanc se termine par deux grosses protubérances. Je sens mes cheveux se hérisser sur ma nuque. Un fémur ! Je reconnais cet os. Oskar, le squelette en plastique de papa, en a un identique, sauf qu'il est plus grand.

Le monstre remue sa pitance avec un os humain !!!

Comme s'il avait deviné ma présence, le monstre tourne son visage difforme vers moi et grimace.

C'en est trop. Je prends mes jambes à mon cou et déguerpis à toute allure.

4

Alfonse Buisson

Je n'ai pas fermé l'œil de la nuit. Il faut absolument que j'en aie le cœur net et si quelqu'un peut m'aider, c'est papa. Je le retrouve justement au matin, dans la cuisine, le nez plongé dans son journal. Je lui raconte mon aventure de la veille sans omettre un détail.

— Un fémur! Tu as dû rêver, ma puce. Plus personne n'est cannibale de nos jours, c'est démodé. Et puis, la chair humaine a trop mauvais goût.

Papa aime bien se moquer de moi, mais j'ai appris à lui répondre du tac au tac.

— Qu'en sais-tu? Tu en as déjà mangé?

— Évidemment, c'est une des conditions pour devenir médecin. Comment veux-tu soigner correctement quelqu'un si tu ne sais pas quel goût il a? Antropophagie 101 est un cours obligatoire de première année, à l'université, mais on n'en parle pas beaucoup. Il paraît que ce n'est pas très bien vu dans la société.

Pince-sans-rire, il a débité cela d'un trait. Une seconde — une seulement —, je ne sais plus s'il blague ou s'il parle sérieusement. Puis, il éclate de rire.

— Ma pauvre chérie, si tu voyais ta tête !

Il m'a bien attrapée encore une fois. Papa réussirait à faire avaler n'importe quoi à n'importe qui. Son ton redevient sérieux.

— Écoute, Ariane, ce que tu as pris pour un os n'était sans doute qu'une louche ou une grande cuillère. Dans l'obscurité, et énervée comme tu l'étais, la tête pleine de fantômes et de sorcières, c'est ton imagination qui t'a joué un tour.

— Et le monstre, c'était aussi mon imagination ?

— Cesse de parler de monstre. Dans le pire des cas, il s'agit vraisemblablement d'un infirme. Je n'ai jamais eu vent qu'il y en avait un à Saint-Pacôme, mais je n'en connais pas encore très bien tous les habitants. Après tout, nous sommes arrivés ici il y a à peine quelques mois. D'après moi, si ta description est juste, une telle personne doit recevoir des soins périodiquement. Le moment est peut-être venu pour certains de mes concitoyens de recevoir la visite du médecin de leur village. Pour cela néanmoins, j'aurais besoin d'une assistante. Qu'en penses-tu?

— Tu voudrais… que je t'accompagne?

— Pourquoi pas? Tu te rendras compte par toi-même de ton erreur.

Papa saisit sa sacoche noire, enfile un blouson et me fait signe de le suivre.

Dehors, maman taille les rosiers en prévision de l'hiver.

— Une urgence? demande-t-elle, interrompant son travail l'espace d'un instant.

— Non, répond papa. Simple visite. Nous n'en avons pas pour longtemps.

— Nous?

Je m'interpose.

— Papa m'a proposé d'aller avec lui.

J'espère qu'elle n'approfondira pas trop la question. Maman est d'un naturel très soupçonneux.

— Ah bon! Et…

— Je t'expliquerai plus tard, chérie, coupe papa. Viens, Ariane, ne faisons pas attendre le monst… euh… le monsieur.

Maman nous regarde descendre l'escalier, les sourcils froncés, des points d'interrogation plein les yeux.

Au soleil, les squelettes, les chauves-souris et

les fantômes, si effrayants la veille dans le noir, ont pris un air ridicule. Papa et moi arrivons vite à la maison grise.

Elle aussi a un peu perdu de son aspect inquiétant au grand jour. En fin de compte, ce n'est qu'une habitation banale, entourée d'un jardin un peu plus vaste que les autres, mal entretenu, que ceinture une haute haie de cèdres terminée par une grille. Celle-ci n'est même pas fermée. Papa la pousse puis avance d'un pas assuré. Ce n'est qu'arrivé à la moitié de l'allée qu'il constate que je traîne de l'arrière.

— Alors, ma puce, tu viens ? demande-t-il en m'invitant à le rejoindre d'un grand geste du bras.

J'hésite avant de me décider. Après tout, que pourrait-il m'arriver avec lui à mes côtés ? Nous parcourons ensemble les derniers mètres qui nous séparent de la porte.

— Et maintenant, qu'est-ce qu'on fait ?

J'ai parlé tout bas malgré moi.

— Maintenant ? sourit papa en chuchotant lui aussi. Eh bien, comme les gens normaux, on s'annonce.

Là-dessus, il appuie sur le bouton de la sonnette.

Je recule instinctivement d'un pas et m'abrite derrière lui. C'est idiot, je le sais, mais j'ose à peine respirer. Tous mes muscles sont paralysés dans l'attente de ce qui va suivre.

Des pas se font entendre. La porte s'ouvre et…

Apparaît un monsieur tout ce qu'il y a de plus ordinaire, au ventre bedonnant. Pas d'œil globuleux qui sort de son orbite, pas de cheveux crasseux qui fuient dans tous les sens. Un être humain semblable à n'importe quel autre.

— Oui ? Que puis-je pour vous ?

Cette vision, totalement opposée à celle que j'ai décrite, ne désarçonne pas papa, ce qui m'amène à soupçonner qu'il n'a pas cru un traître mot de mon histoire.

— Bonjour. Je me présente, François Cajot. Nous avons emménagé cet été dans la petite maison au bout de la rue. Comme je n'ai pas encore eu le temps de rencontrer tout le monde au village, je fais de petites visites comme celle-ci à l'occasion. Monsieur… Monsieur ?

— Alfonse Buisson, Alfonse avec un « f ». Et vous apportez toujours votre petite mallette lors de ces visites… paroissiales ? répond un peu sèchement notre interlocuteur.

La question embarrasse papa. Il est facile de savoir quand papa est gêné ou quand il a quelque chose à se reprocher. Ses oreilles deviennent toutes rouges. Maman m'a confié ce truc, qu'elle utilise souvent.

— Ma mallette ? Euh… vieille manie de médecin. On ne sait jamais quand une urgence peut se présenter, alors on prend l'habitude de la traîner partout avec soi.

— Je vois. Et qui est cette jeune fille si timide qui se cache derrière vous ?

Timide ? Moi ! Je fais résolument un pas de côté pour me montrer.

— Ariane, je m'appelle Ariane.

Alfonse Buisson sourit, dévoilant une rangée de dents blanches, parfaitement alignées.

— Enchanté, Ariane. Eh bien, je m'apprêtais justement à prendre une tasse de thé. Accepteriez-vous de la partager avec moi ? J'ai aussi du lait et des biscuits.

Papa m'interroge du coin de l'œil avant de répondre : « Avec plaisir, n'est-ce pas, Ariane ? »

Je hoche la tête sans proférer un son et nous entrons. De la porte, le vestibule donne sur un petit couloir. Nous tournons à gauche et nous nous retrouvons dans la cuisine. Je reconnais immédiatement le poêle sur lequel le monstre cuisait son brouet, la veille. Évidemment, le chaudron et l'os brillent par leur absence.

Pendant que papa et M. Buisson devisent de choses et d'autres, j'étudie discrètement la pièce.

Il doit bien rester un indice de ce qui se trafiquait ici vingt-quatre heures plus tôt, à moins que j'aie vraiment rêvé. Malheureusement, j'ai beau m'écorcher les yeux, je ne découvre rien, de sorte que lorsque nous prenons congé de M. Buisson, je me pose encore plus de questions qu'à notre arrivée.

Une chose est sûre malgré tout. M. Buisson ne raconte pas toute la vérité. Si je n'en étais pas convaincue au début, le regard malicieux qu'il m'a lancé au moment où nous partions, comme s'il venait de me jouer un bon tour, a balayé tous mes doutes.

5

En voulez-vous, des légumes ?

— Pour moi, tu as rêvé.

Cette réflexion de Mireille ne me surprend guère. Il est vrai que je suis la seule à avoir aperçu le monstre, puisqu'elle m'attendait avec Charlie de l'autre côté de la haie.

— Ma sœur a trop d'images à nation, intervient Charlie, que maman m'a collé dans les pattes quand on l'a appelée ce matin pour aller expertiser un tableau à Québec.

Je lui lance un regard noir et rectifie : « On dit "imagination", petit cancre. Pas "images à nation". »

— Tu crois que le monstre existe réellement ? demande Mireille.

— Oui, et je lui ai donné un bon coup dans le ventre. Peut-être M. Buisson l'enferme-t-il à la cave et ne le laisse-t-il sortir que la nuit. En tout cas, je ne m'avoue pas vaincue. J'éclaircirai ce mystère.

— Comment ?

— Je ne sais pas encore, mais je trouverai bien un moyen.

— Salut, les filles.

Je lève la tête. C'est Stéphane Guertin. Le samedi, pour gagner un peu d'argent de poche, il travaille à l'épicerie et fait des livraisons en triporteur — une sorte de vélo à trois roues qui supporte une caisse en bois à l'avant, dans laquelle il dépose ses sacs. Justement, il en a cinq, débordant de fruits et de légumes, qui tiennent en équilibre précaire dans la boîte.

— Salut, Stef, où vas-tu comme ça ?

— Chez le vieux fou, au bout de la rue, comme tous les samedis.

« Le vieux fou ! ai-je pensé. Il veut sûrement parler de M. Buisson. »

— Tu le connais ?

Il secoue la tête.

— Pas vraiment, je sonne et je lui remets la nourriture. Il me paie et me laisse parfois un ou deux dollars de pourboire.

— Pourquoi dis-tu qu'il est fou alors ? questionne Mireille.

Stéphane s'esclaffe.

— Parce qu'il faut être fou pour avaler ce qu'il avale. Tiens, regarde. Des bananes, des carottes, de la salade, des arachides.

— Et alors, il doit être végétarien. Je ne vois rien d'anormal là-dedans.

— Ce qui n'est pas normal, c'est la quantité. Tu connais un végétarien qui mange un régime entier de bananes, vingt kilos de carottes, dix pommes de laitue et cinq kilos d'arachides par semaine, toi ?

Effectivement, pour sept jours, cela fait beaucoup de fruits et de légumes. Surtout quand on a l'habitude de manger de la chair humaine ! Bizarre.

— Allez, je file sinon le patron ne sera pas content. Salut, les filles.

— Salut !

Stéphane réenfourche son vélo qui prend de la vitesse à chaque coup de pédale. Nous le regardons descendre la rue jusqu'au bout avant de le perdre de vue.

Cette histoire de légumes me chicote. C'est pourquoi je propose à Mireille d'aller voir M. Aziz, au magasin. Charlie nous suit en traînant les pieds.

L'épicerie de Saint-Pacôme ne ressemble à aucune autre de ma connaissance. Dès qu'on y entre, une puissante odeur où se mêlent les arômes de la cannelle, du cumin et de la cardamome saute aux narines. C'est que M. Aziz est né au Proche-Orient — au Liban, je crois — et il a souvent la nostalgie du pays. Alors, dans un coin de sa boutique, il garde une foule de produits importés qui lui rappellent son enfance et qu'il essaie de vendre à tout le monde, même s'il est le seul à en manger.

À notre arrivée, M. Aziz range amoureusement ses denrées exotiques sur des étagères qui grimpent jusqu'au plafond.

L'ouverture de la porte déclenche un carillon et, tout de suite après, Yasser hurle : « Y a du monde, tas d'andouilles, y a du monde ! »

Yasser, c'est le perroquet de M. Aziz, un beau cacatoès blanc qui se promène librement dans le magasin, sur les rayons et les tablettes, entre les boîtes de conserve, et qui s'amuse à escalader le bric-à-brac empilé un peu partout. M. Aziz l'a acheté pour une bouchée de pain à un marin qui revenait d'Amérique du Sud. Malheureusement, il ignorait que, pour passer le temps durant la traversée, le matelot avait appris toutes sortes de grossièretés à son oiseau, des grossièretés qui, maintenant, se mêlent un peu n'importe comment aux boniments de l'épicier.

— Du couscous, bande d'abrutis, achetez du couscous.

— La ferme, Yasser, commande M. Aziz en se dirigeant vers nous. Ah, mesdemoiselles Ariane et Mireille, votre présence est comme un

rayon de soleil dans cet antre obscur où je m'étiole.

— Crétin des îles. Des dattes, des dattes.

— Silence, Yasser, ou je te fais empailler. Qu'est-ce que je peux vous offrir, des figues, du miel de sésame, des loukoums peut-être ?

— Juste un Coke, M. Aziz.

— Cette boisson du diable ! Ah misère de ma mère ! Vous savez où il est. Servez-vous, moi je n'en ai pas la force.

— Du babagannouj, grande nouille.

— Tais-toi, Yasser.

Je prends une bouteille pour mon frère dans le réfrigérateur mural où M. Aziz garde les produits laitiers et d'autres préparations aux noms bizarres, tels « hummus » et « taboulé », puis je reviens payer au comptoir.

— Ce sera cinq dollars, mademoiselle.

M. Aziz s'ennuie tellement de son pays qu'il ne peut résister à l'envie de marchander, même sur les produits dont le prix est déjà fixé. Alors il réclame toujours plus cher. Pour lui faire plaisir, j'entre dans le jeu.

— Cinq dollars, c'est du vol ! Vingt-cinq cents, pas plus.

— Aïe aïe aïe, c'est ma ruine que vous voulez, mademoiselle Ariane. J'ai quinze enfants à nourrir et une vieille mère à l'hôpital. Trois dollars cinquante et j'y perds ma chemise.

— Cinquante cents ou je ne remets jamais les pieds dans ce repaire de bandits.

— Du kéfir, vieux grigou.

— Silence, Yasser. Cinquante ! Vous m'écorchez vif. Deux dollars quatre-vingt-cinq. C'est ma dernière offre.

— Plutôt mourir de soif. Soixante-quinze cents, pas un sou de plus.

— Un dollar quinze, je ne peux pas aller plus bas.

— Quatre-vingts cents.

— Quatre-vingt-cinq.

— D'accord, mais avec une sucette pour Charlie.

Le sourire sur le visage de M. Aziz est encore plus grand que le mien. Ce petit duel auquel je me suis pliée a bien duré dix minutes. C'est pour ça que la plupart des gens du village préfèrent lui envoyer la liste de ce dont ils ont besoin. Ainsi, ils perdent beaucoup moins de temps.

Puisqu'il est de si bonne humeur, j'en profite pour l'interroger.

— Dites, M. Aziz, vous connaissez M. Buisson, qui habite au bout de la rue ?

— Buisson ? Alfonse Buisson ? Ah, mademoiselle Ariane, bien sûr, c'est un de mes meilleurs clients. Tenez, pas plus tard qu'hier, il me demande cinq kilos de bananes. Désolé, M. Buisson, que je lui réponds, elles sont trop mûres, presque noires, mais j'en attends des fraîches pour demain. Ça ne fait rien, je les prends quand même, qu'il me dit. Et sans marchander ! Un saint, cet homme, mademoiselle Ariane. Un cadeau du ciel pour le petit commerçant.

— Et de la viande, il en achète ?

— De la viande ? Jamais. Pourquoi, je l'ignore.

— C'est pasque c'est un vieil Italien, explique Charlie, la sucette dans la bouche.

M. Aziz ouvre de grands yeux.

— M. Buisson, un vieil Italien ? Tu es sûr ?

Mireille fait l'interprète.

— Il veut sûrement dire un végétarien.

— Ah bon !

Je ramène la conversation sur la bonne voie avant qu'elle s'enlise.

— Vous ne trouvez pas ça un peu étrange, M. Aziz, qu'il n'achète jamais de viande ?

À ma question, la mine de l'épicier s'assombrit. Il jette un regard soupçonneux vers la porte, puis penche la tête et souffle tout bas :

— Si vous voulez mon avis, mademoiselle Ariane, cet homme, il a plein de djinns dans la tête.

— De gin ?

— De djinns. Des génies malfaisants, si vous voulez. Ils lui ont fait perdre la tête, c'est sûr. Il faudrait être un *ogre* pour avaler tant de fruits et de légumes en une semaine.

6

Spicose

Une semaine a passé et le mystère reste entier. Avec l'école et les devoirs, je n'ai pas vraiment eu le temps de m'y attaquer, mais voici vendredi et les choses vont changer.

Tous les vendredis, papa rapporte deux bandes vidéo de Québec, que nous regardons dans la soirée : un film pour lui et un autre pour maman. Et tous les vendredis soir, papa essaie de convaincre maman de projeter son film en premier parce qu'en règle générale, quand il commence par celui de maman, il s'endort avant la fin, si bien qu'il rate toujours le sien.

Il faut que je vous dise que papa et maman n'ont pas tout à fait les mêmes goûts en matière de cinéma. Papa raffole des films policiers ou de suspense. Maman, elle, préfère les comédies romantiques et les drames vécus.

Aujourd'hui, outre une biographie romancée, papa a ramené *Psychose*.

— Qu'est-ce que ça veut dire, spicose ? demande Charlie.

— Pas spicose, psychose. Une psychose, c'est une maladie mentale. Quand on croit à l'existence de quelque chose qui n'est pas réel, par exemple.

— Comme Ariane alors.

Je pince le bras de mon frère pour qu'il se taise, mais le mal est fait.

— Qu'est-ce que tu veux dire, comme Ariane ?

— Ben oui, Ariane, elle croit qu'il y a un ogre à Saint-Pacôme. Elle fait une spicose.

— Une psychose.

— C'est ce que j'ai dit, une spicose.

Papa fronce les sourcils et se tourne vers moi.

— J'espère qu'il ne s'agit pas de ce pauvre M. Buisson.

Je suis bien forcée d'avouer que oui.

— Tu te laisses emporter par ton imagination, Ariane.

— Mais, papa, il achète assez de fruits et de légumes pour ouvrir son propre magasin !

— Bon, il aime les fruits et les légumes. Cela n'en fait pas un ogre pour autant. Et de toute façon, par définition, un ogre mange des enfants. Je n'ai jamais entendu parler d'un ogre végétarien.

Je conviens qu'il a raison, même si je garde des doutes.

Après dîner, nous nous installons devant la télé, avec un gros bol de maïs soufflé nappé de beurre qu'a préparé maman. Cette fois, papa ne peut même pas insister pour qu'on regarde son film en premier : celui qu'il a rapporté est déconseillé aux moins de treize ans. Nous commençons donc par le drame.

Ça tombe drôlement bien, il s'agit de l'histoire d'Amelia Earhart. J'apprends sur sa vie toutes sortes de choses que j'ignorais. Par exemple, qu'elle a épousé George Putnam, un magnat de la presse, qui finançait ses expéditions et publiait des livres relatant ses exploits. Un jour, l'avion de sa femme s'écrase sous ses yeux. Il se précipite pour la secourir, trébuche dans un câble et se casse trois côtes. C'est Amelia qui l'aide à se relever. Elle est sortie de la carcasse de son avion sans une égratignure ! C'est passionnant !

Évidemment, papa s'endort dans son fauteuil aux deux tiers du film. Quand arrive son tour, il déclare être trop fatigué et préfère monter se coucher. Comme c'est demain samedi, je demande la permission de regarder *Psychose*.

— Ce n'est pas trop effrayant pour elle ? s'inquiète maman.

— Avec ce qu'on passe de nos jours à la télé

et au cinéma, je crains plutôt qu'elle ne trouve Hitchcock bien ennuyeux.

— Tout de même, la scène dans la cave?

— À mon avis, elle aura abandonné avant d'y arriver.

Je comprends mieux la remarque de papa dès que le film débute.

— C'est même pas en couleurs! commente Charlie sur un ton dégoûté avant de battre en retraite dans sa chambre.

En effet, papa a loué un « bon vieux film » comme ça lui arrive parfois, quand il a la nostalgie de sa jeunesse. Sur l'écran, tous les hommes portent le veston et la cravate, les robes des femmes leur tombent aux chevilles, les voitures ont un capot plus grand qu'une table de pique-nique et personne ne dit de gros mots.

Pourtant, je ne renonce pas. La remarque de maman au sujet de la scène dans la cave m'intrigue.

Je dois presque attendre la fin du film pour satisfaire ma curiosité. Que je vous raconte.

L'héroïne fouille la demeure mystérieuse pendant que son compagnon retient le meurtrier dehors. Celui-ci finit tout de même par se douter qu'il y a anguille sous roche. Il se débarrasse de l'importun et regagne à la hâte la maison. Pour ne pas se faire surprendre, l'héroïne se réfugie à la cave, où elle découvre la mère du meurtrier, assise dans un fauteuil roulant. Quand elle fait pivoter le fauteuil, elle constate qu'il s'agit d'un cadavre momifié !

Pas de sang, pas d'effets techniques, que du suspense. Bref, pas de quoi effrayer un chat.

N'empêche, je n'ai pas fermé l'œil de la nuit. Non parce que j'avais peur, mais parce que le film m'a donné une idée.

7

Pris !

— Donc tu as bien compris ce qu'il faut faire.

— Tu l'as déjà espliqué trois fois.

— Redis-le encore.

Charlie pousse un soupir d'exaspération, mais finit par se plier à mon caprice.

— Je regarde par la fenêtre. Si M. Buisson est là, je cogne au carreau. Je lui fais des grimaces. J'attends qu'il ouvre la porte pour me sauver et pendant qu'il me fait la chasse, tu fouilles la maison.

— C'est ça. Tu n'as pas peur ?

— Peur ? Moi ? Tu rigoles.

— Fais tout de même attention.

— T'en fais pas, j'ai mis mes super espadrilles. Il m'attrapera jamais.

Après d'ultimes recommandations, je me cache derrière un arbuste près du perron tandis que Charlie entreprend bravement sa mission.

En se hissant sur le bout des pieds, sa tête dépasse tout juste le rebord de la fenêtre. Il me fait signe qu'il y a quelqu'un à l'intérieur, puis frappe à la vitre.

Si le métier de grimaceur ou grimacier existait, je suis persuadée que Charlie deviendrait millionnaire. Une grimace n'attend pas l'autre. Dix secondes plus tard, la porte d'entrée s'ouvre et apparaît un M. Buisson furibond, le visage cramoisi d'indignation.

— Attends un peu, garnement. Si je t'attrape, tu vas passer à la casserole.

La menace n'effraie pas Charlie puisqu'il prend la peine d'ajouter, à son répertoire, une grimace de son invention, spécialement pour M. Buisson. Il ne détale que lorsque ce dernier descend les trois marches de béton et se lance à sa poursuite.

La porte de la maison est restée ouverte, comme je l'espérais. Je me précipite à l'intérieur.

Combien de temps ai-je à ma disposition ? Sûrement pas beaucoup. Je sais déjà qu'à gauche, le corridor mène à la cuisine. Je tourne donc à droite. Au bout se trouve une espèce de bureau encombré de piles de revues dans tous les coins. Rien d'intéressant. Je reviens sur mes pas, ouvre les deux portes qui donnent sur le couloir : une salle de bains et une chambre tout ce qu'il y a de plus ordinaire. En face de la porte d'entrée, un escalier monte à l'étage, mais je n'ose pas m'y aventurer, car M. Buisson risque de faire irruption à tout instant.

Finalement, je décide tout de même de jeter un coup d'œil dans la cuisine. J'ouvre la porte et une terrible odeur me saute au nez. Une odeur un peu sucrée, douçâtre et écœurante à la fois, qui me donne presque envie de vomir. Sur la cuisinière repose un énorme chaudron, identique à celui que j'ai aperçu l'autre jour. Son couvercle danse doucement sous l'action de l'épaisse vapeur blanche qui essaie d'en sortir. Je me bouche le nez, m'approche courageusement et soulève le couvercle. Une bouffée nauséabonde m'enveloppe le visage. Dans la marmite bout un liquide recouvert d'une écume jaunâtre. Qu'est-ce que M. Buisson peut cuire là-dedans qui sente si mauvais ? Il faut que j'en aie le cœur net. Je m'empare de la grande cuillère en bois déposée sur le comptoir, écarte un peu la mousse et la plonge dans le bouillon. Le bois heurte un gros objet que je m'efforce d'attraper. Après quelques essais infructueux, je réussis à le coincer et à le soulever hors de la « soupe ».

Alors… alors…

UN CRÂNE D'ENFANT APPARAÎT À LA SURFACE !!!

Je lâche tout. Le couvercle fait *CLANGGG* en retombant et la cuillère glisse sur le sol. Pas question que je la ramasse ! D'une porte à ma droite sort alors un bruit étrange. Un cri mi-animal mi-humain.

Je ne sais plus que faire. La sagesse voudrait que je file à toutes jambes, mais la lamentation qui filtre à travers la porte m'en empêche. Quel mal pourrait-il m'arriver si je risquais un œil de l'autre côté ?

J'entrouvre donc la porte. Un escalier descend à la cave. Encore un cri. On croirait un gémissement. Qu'y a-t-il là, en bas ? Le monstre ou les enfants dont il fait sa pitance ?

Au moment où je pose le pied sur la première marche, la scène de *Psychose* me revient à la mémoire. L'héroïne qui descend à la cave et y découvre le cadavre momifié, pendant que le meurtrier l'attend en haut. Et si M. Buisson me surprenait ? Cette fois, la panique s'empare vraiment de moi. Je sors de la maison en quatrième vitesse.

De justesse ! J'ai à peine le temps de me cacher que M. Buisson surgit tout essoufflé, tenant Charlie par le collet.

— Ah, pff… pff… on peut dire pff… pff… que tu m'as fait courir, chenapan, pff… pff… mais j'ai encore de bonnes jambes pour mon âge.

— Lâchez-moi ou j'appelle la police.

— Ha! Ha! Tu vas voir ce qu'il en coûte de se moquer des vieilles gens.

Il rentre avec mon frère et claque la porte. Charlie est prisonnier. Que faire? Je n'aurais jamais dû l'embarquer dans cette histoire! Puis, je me rappelle subitement les paroles qu'a dites M. Buisson en sortant de chez lui : « SI JE T'ATTRAPE, TU VAS PASSER À LA CASSEROLE. » Mon sang se glace dans mes veines.

Seule, je ne peux pas tenter grand-chose, mais papa, lui, m'aidera. J'en serai quitte pour une punition bien méritée.

Afin de gagner du temps, je pique à travers champs. Malheureusement, quand j'arrive à la maison, je n'y trouve personne. Où sont-ils passés? Papa et maman ne seraient tout de même pas partis à Québec sans nous prévenir. Peutêtre sont-ils allés se promener. Je regarde dehors pour m'apercevoir que la voiture brille par son absence, elle aussi!

Je ne peux donc compter que sur moi pour tirer Charlie de ce mauvais pas avant qu'il soit trop tard.

— Qu'est-ce que tu as, ma chérie?

La voix de maman m'a fait sursauter. Plongée comme je l'étais dans mes pensées, je ne l'ai pas entendue arriver derrière moi.

— Tu es toute pâle. Ça ne va pas ?

— Le monstre… Charlie… Il va… Il faut…

Incapable d'en dire plus, je fonds en larmes. Maman me prend dans ses bras, se fait rassurante.

— Calme-toi, je ne comprends rien à ce que tu racontes. Qu'y a-t-il ? Où est Charlie ?

La vision de mon frère découpé en morceaux et cuisant dans la marmite est trop horrible. Je n'arrive pas à me ressaisir.

Je sanglote toujours dans les bras de maman qui s'efforce en vain d'éclaircir la cause d'un tel émoi, quand la voiture arrive et papa en descend. Avec Charlie. En un seul morceau.

Si Charlie a la mine basse, papa, lui, a des flammes dans les yeux.

— Qu'est-ce que vous avez tous ? interroge maman qui nage en plein mystère.

— Je t'expliquerai plus tard, grince papa.

Quand il me fait signe d'approcher, je sais que je vais recevoir un sacré savon.

8

Philippe Marleau

— Alors? interroge Mireille.

— Alors M. Buisson a dit à Charlie de s'asseoir à la table de la cuisine en ajoutant que ce n'était pas bien de faire des grimaces aux gens. Il lui a demandé son nom, puis il a appelé mon père pour qu'il vienne le chercher. Évidemment, au retour, Charlie ne s'est pas gêné pour tout raconter, sans oublier de préciser que tout était ma faute. J'ai passé le reste de la fin de semaine dans ma chambre et je suis privée de télévision pour un mois.

— Et le chaudron?

— M. Buisson l'a descendu à la cave après avoir appelé papa. Ensuite, il a ouvert les fenêtres « tellement ça pusait », m'a dit Charlie.

— As-tu expliqué à ton père ce que tu as vu?

— Je n'ai pas osé. Il était tellement furieux qu'il a menacé de m'envoyer en pension si j'ajoutais un seul mot au sujet de cette histoire.

— C'est moche.

Nous sommes lundi en fin d'après-midi. Je n'ai pas pu mettre Mireille au courant avant, car nous n'avons pas eu l'occasion de bavarder à l'école.

Assises sur les marches de l'hôtel, nous voyons une voiture enfiler la grand-rue en pétaradant et s'arrêter pile devant nous. Quand je dis voiture, je suis polie, car tant de trous percent la carrosserie qu'on dirait plutôt une râpe à fromage sur roues.

Le plus drôle survient quand le conducteur coupe le contact. Le moteur continue de tourner en émettant des râles de plus en plus forts, comme quelqu'un qui étouffe. Les hoquets du moteur secouent tellement le véhicule que toutes sortes d'objets sautent à l'intérieur. Un dernier *RHÂÂÂÂÂ* sort du capot, le pot d'échappement expulse un gros nuage noir avec un *PAF* retentissant, et l'auto s'affaisse sur ses roues.

La portière du chauffeur s'ouvre en grinçant. Un grincement pire que celui d'une craie neuve sur un tableau noir fraîchement lavé, à vous déchausser les dents. L'homme qui s'extirpe de la voiture mesure plus de deux mètres. Bien qu'il ne pleuve pas, il porte un imperméable brun et un chapeau semblable à celui que les détectives ont sur la tête, dans les films à la télé. L'inconnu relève le col de son pardessus, de sorte qu'on n'aperçoit presque plus que ses yeux. Puis il enfonce les mains dans ses poches et se dirige vers l'entrée de l'hôtel-salle de billard-restaurant.

Je sais que c'est impoli de dévisager les gens, mais son air est si mystérieux que je ne parviens pas à le lâcher des yeux. L'inconnu ne peut s'empêcher lui non plus de nous jeter un coup d'œil au passage. Malheureusement, il le fait au moment de poser le pied sur la première marche du perron. Il la rate et s'écrase de tout son long. L'imperméable s'ouvre et une quantité incroyable de stylos s'en échappent : à l'encre rouge, bleue, noire, à pointe fine et extra-fine, en plastique translucide, opaques, et de toutes les couleurs.

Mireille et moi nous précipitons pour l'aider à les ramasser.

— Merci… hum ! **Merci, les mômes, vous êtes sympas.**

Étrange… L'inconnu a d'abord parlé avec une voix fluette, puis il a toussoté et sa voix est subitement devenue très grave. L'homme s'époussette avant de s'engouffrer dans l'hôtel.

Profitant de son absence, nous examinons la voiture de plus près.

— Quel tas de ferraille, commente Mireille.

— Pour moi, c'est la rouille qui tient tout ensemble.

Je n'ai encore jamais vu ce modèle. La carrosserie est tellement rectangulaire qu'elle ressemble à une caisse. Par curiosité, je cherche le nom de la marque sur le coffre, mais il manque deux lettres sur quatre et les deux restantes — .A.A — ne m'apprennent pas grand-chose.

— Vous admirez… hum! **Vous admirez ma tire, les gosses?**

— Votre quoi?

— **Ma tire, ma bagnole, quoi.** Ah, on n'en fait plus… hum! **On n'en fabrique plus comme ça aujourd'hui. Un vrai char d'assaut. Du roc, je vous dis.**

Pour le prouver, il donne un coup de pied dans l'aile et le pare-choc se décroche. Il s'empresse de le ramasser.

— Euh… Évidemment elle n'est plus… hum! **très jeune. Saviez-vous que les agents du KGB s'en servaient pour leurs missions?**

— Le KGB, qu'est-ce que c'est que ça? demande Mireille.

Je lui explique que c'était le nom de la police secrète dans l'ancienne URSS.

— On en parle tout le temps dans les films de James Bond.

— **Mais tu m'as l'air pas mal au parfum, ma petite. Tu ne serais pas une taupe, par hasard ?**

Non mais, il n'a pas les yeux en face des trous, ce type !!!

— Moi, une taupe ?

— **Oui, tu sais, un de ces agents qui s'infiltrent** dans un pays et qui… hum ! **agissent incognito pour leur livrer des secrets. Tu n'en es pas une au moins ?**

Je m'offusque.

— Vous devez vous tromper. Je n'ai jamais mis les pieds en Russie.

— **Bon, bon, te mets pas en boule. De toute manière, je te tirais la pipe. J'ai bien vu que tu n'avais rien d'un agent secret.**

Il commence sérieusement à m'échauffer les oreilles, celui-là.

— **Dites-moi, les filles, vous connaissez bien le patelin ?**

Un peu vexée, je laisse Mireille répondre.

— Le village ? Oui. Pourquoi ?

Il approche la tête et baisse la voix.

— Ne le racontez… hum ! **Gardez ça pour vous, mais je mène une enquête terrible et j'aurais peut-être besoin de votre aide.**

— Une enquête ? Vous êtes détective ?

— **Dans le métier, on dit privé, mignonne,**

mais tu as raison. J'enquête sur une série de vols, et la piste que je suis m'a conduit jusqu'ici.

Je décide d'intervenir.

— Vous avez une carte ? Tous les vrais détectives en ont une.

Je vois à son air que ma question le blesse.

— Évidemment… hum ! **Évidemment que j'ai une carte. Attends.**

De sa poche, il sort un vieux portefeuille en cuir tout usé et plissé d'où il extrait un gros paquet de cartes de visite.

— **Elle devrait être ici. Voyons. Non, pas celle-là. Ah ! Voilà.**

Il me tend un petit carton blanc. Dessus, on lit :

RAYMOND CHANDELEUR
Stylos en tous genres
Gros et détail

— Raymond Chandeleur, c'est vous ça ?

Ses yeux s'arrondissent et sa grosse voix s'évanouit.

— Euh oui. Comment le sais-tu ?

— Ben, c'est écrit sur la carte.

— Comment ça, c'est écrit sur la carte ? Montre.

Je la lui rends.

— Ah… hum! **Je t'ai donné la mauvaise. Voici la bonne.**

Il m'en remet une autre sur laquelle est écrit :

> ## PHILIPPE MARLEAU
> *Détective privé*
> *Filatures et coups durs*
> On vous a à l'œil

Aussi méfiante que moi, Mireille lui demande : « Vous vous appelez Philippe Marleau ou Raymond Chandeleur ? »

— Euh… Raymond Chandeleur est mon vrai nom, mais quand j'enquête, j'emprunte celui de Philippe Marleau. Pour ne pas trahir ma véritable identité, tu comprends. Représentant en stylos, ça ne fait pas très sérieux. Malheureusement, les gens ne font pas souvent appel aux détectives privés de nos jours. Alors, comme il faut bien vivre, je vends aussi des stylos… hum! **Donc vous connaissez bien le bled ?**

— Je suis née ici et j'y ai passé toute ma vie, déclare Mireille.

— Moi, je n'habite au village que depuis quelques mois.

— **Bien, bien. Vous pourrez sans doute**

m'être utiles, car tout indique que le malfrat dont je suis la piste s'est trouvé une planque dans les parages.

— De qui s'agit-il? interrogeons-nous d'une seule voix, dévorées de curiosité.

Philippe Marleau jette un coup d'œil derrière lui avant de nous confier tout bas: «**Un cambrioleur, mais pas n'importe lequel, un véritable Arsène Lupin québécois.** Vous ne voulez pas m'acheter un stylo?»

9

Raymond Chandeleur

J'ai pensé à notre rencontre avec M. Marleau une bonne partie de la nuit. Un détective privé ! C'est sûrement la providence qui l'envoie. Lui saura élucider le mystère du monstre. Mais acceptera-t-il de nous aider ? Je n'en saurai rien avant de lui poser la question.

Je revois M. Marleau au restaurant le lendemain, mardi, jour où maman est appelée à Québec pour une autre expertise. Un tableau du XIXe siècle dont il faut confirmer l'authenticité, je crois.

Quand Charlie et moi sommes rentrés de l'école, maman n'était pas encore de retour. Heureusement d'ailleurs, car papa s'était mis dans la tête de préparer le souper. Il avait enfilé son tablier et transformé la cuisine en champ de bataille.

Papa aime bien cuisiner. Par malheur, pour lui, la cuisine est un peu comme un petit laboratoire de chimie. Il tente surtout des expériences.

Pour éviter un drame, j'ai proposé de lui donner un coup de main. Il a refusé en me lançant un clin d'œil.

— Ne t'inquiète pas, j'ai la situation bien en mains. Va plutôt faire tes devoirs.

J'en doutais un peu, mais quand je suis redescendue, une demi-heure plus tard, la cuisine était plus présentable. Les bols trempaient dans l'eau de vaisselle et, si la cuisinière n'était pas immaculée comme l'aime maman, les plus gros dégâts avaient été effacés. Je me suis dit qu'en fin de compte, les choses ne se dérouleraient peut-être pas trop mal, surtout si maman revenait de bonne humeur.

Puis, papa a sorti le « casse-ménage ».

C'est ainsi que Charlie et moi appelons la friteuse. Nous lui avons donné ce nom parce que chaque fois que papa décide de l'utiliser, il se produit inévitablement une scène avec maman.

Papa adore la friture. Il prétend qu'un peu d'huile doit lui couler dans les veines, comme tout Belge qui se respecte. Le problème est que maman ne supporte pas les relents d'huile. Elle a menacé de divorcer si la friteuse sortait du placard plus d'une fois par mois.

Papa a placé le casse-ménage sur un élément de la cuisinière et réglé celui-ci pour qu'il chauffe au maximum. Maman est arrivée sur ces entrefaites. J'ai retenu ma respiration. Son regard s'est posé sur la friteuse, mais son sourire n'a pas disparu, ce qui est plutôt bon signe.

— Bonsoir tout le monde, a-t-elle crié à la cantonade. Vous avez été sages pendant mon absence?

— Papa a préparé à souper.

— Tant mieux, je meurs de faim. Ai-je le temps de me changer?

— Bien sûr, ma chérie, a répondu papa. L'huile n'est pas encore chaude.

— J'en ai pour deux minutes.

C'est à ce moment-là que papa a commis la gaffe.

Maman paraissait de si bonne humeur qu'il l'a suivie dans la chambre en oubliant le casse-ménage.

L'huile, déjà chaude, s'est bientôt mise à fumer et a déclenché l'avertisseur.

— L'huile! Tu as laissé l'huile sur le feu! a hurlé maman.

La porte s'est ouverte d'un coup et papa a descendu quatre à quatre les escaliers au moment précis où l'huile atteignait son point de combustion. Une flamme orange a jailli, libérant une épaisse fumée noire. Par bonheur, papa a eu la présence d'esprit d'étouffer le feu avec un couvercle avant d'éteindre le rond de la cuisinière.

Quand il s'est retourné, maman le toisait du haut de l'escalier, les cheveux défaits, drapée dans une serviette de bain. Si ses yeux avaient été des lance-flammes, aujourd'hui, papa ne serait plus qu'un petit morceau de charbon aussi noir que le grand cercle dessiné par la fumée au plafond !

C'est ainsi que nous nous retrouvons à l'hôtel pour manger.

Nous venons à peine de nous asseoir à notre table habituelle, près de la grande fenêtre qui donne sur la rue, que M. Marleau surgit sur le trottoir d'en face. Le col de son imperméable est toujours relevé de sorte que, sous le chapeau mou, on ne lui voit presque que le bout du nez. Dès qu'il l'aperçoit, papa s'exclame : « Tiens, Philip Marlowe. »

Je m'étonne.

— Tu le connais ?

— Qui ça ?

— Philippe Marleau.

— Philip Marlowe ? Bien sûr, c'est un personnage de Raymond Chandler.

Mince alors, papa sait même son vrai nom, Raymond Chandeleur.

— Ce monsieur de l'autre côté de la rue me fait penser à lui, ajoute-t-il.

— À qui ?

— À Philip Marlowe. Il me fait penser à Philip Marlowe.

Alors là, je ne le suis plus du tout. Il doit s'en rendre compte, car il explique : « Philip Marlowe est un détective célèbre inventé par Raymond Chandler, un grand auteur de romans policiers. Dans ses livres et les films qu'on en a tirés, Philip Marlowe porte toujours un imperméable et un chapeau identiques à ceux de ce monsieur. »

Bon. Il ne parle pas du même Marleau que moi, mais d'un héros imaginaire. Leurs noms sonnent simplement pareil à l'oreille.

Mon Marleau à moi traverse la rue et pénètre dans le restaurant. Je me dis chouette, je trouverai peut-être l'occasion de lui demander son aide, en ce qui concerne le monstre. J'agite la main afin d'attirer son attention. Il me reconnaît et vient dans notre direction.

— Papa, je te présente Phil…

— Raymond Chandeleur, coupe M. Marleau. Représentant en stylos.

— François Cajot, médecin de campagne. Ma femme Claire, Charles-Élie notre fils, et je vois que vous connaissez déjà Ariane.

— Madame.

M. Marleau s'empare d'une chaise et s'installe à califourchon sur le siège, entre papa et Charlie, sans autre formalité.

— De passage dans la région? s'enquiert poliment papa, heureux de la diversion.

— Oui, je prospecte un peu le coin, mais à première vue, on n'y consomme guère de stylos. Vous ne seriez pas intéressé par hasard, j'en ai tout un assortiment, regardez.

M. Marleau déboutonne son imperméable. En l'ouvrant, il découvre six poches d'où émerge le capuchon d'une centaine de stylos. Je n'aurais jamais cru qu'il puisse en exister tant de différents.

— Que puis-je vous montrer? À pointe fine, extrafine, micrométrique? À jet d'encre, à bille, feutre? J'en ai de toutes les couleurs de l'arc-en-ciel. En voici un qui écrit même sous l'eau, idéal pour les hommes-grenouilles. Avec celui-ci, vous pouvez écrire couché, la pointe en l'air. Il a été spécialement conçu pour les astronautes. L'encre de celui-là change de couleur selon votre humeur. J'ai aussi des stylos surprise. Celui-ci se transforme en sarbacane, pour les boulettes de papier. Les écoliers en raffolent. Dans celui-là navigue un petit bateau. J'en ai un qui fait neiger sur la tour Eiffel et un autre qui peut servir de mini-longue-vue. Un stylo fluorescent vous plairait peut-être? Très pratique pour prendre des notes quand il y a une panne de courant. Ou alors un stylo-briquet? Un stylo-canif?

M. Marleau déballe sa marchandise en parlant si bien que la table est maintenant couverte de stylos. Maman éprouve beaucoup de peine à garder son sérieux. Charlie, lui, ouvre de grands yeux devant cet étalage de merveilles.

— Non, vraiment, je vous remercie, j'ai tout ce qu'il me faut en matière de stylos, refuse papa, un peu gêné.

M. Marleau entreprend de regarnir ses poches avec les stylos qui jonchent la table.

— Dommage, j'aurais pu vous faire un prix. Mais, j'y pense, vous qui êtes médecin, vous devez connaître les gens de la région !

— Assez bien, pourquoi ?

— Eh bien, figurez-vous qu'un cousin à moi s'est installé par ici. J'ai essayé de le retrouver, malheureusement je ne connais pas son adresse.

— Comment s'appelle-t-il ?

— Voilà le hic. Ce cousin, un véritable excentrique, vit sous un nom d'emprunt que j'ignore. Peut-être l'avez-vous rencontré au hasard de vos tournées ? La cinquantaine, assez corpulent, une grande barbe carrée, les cheveux longs mais le sommet du crâne dégarni, avec de petites lunettes rondes sur le bout du nez.

— Désolé, ce portrait ne me rappelle personne.

— Tant pis. Eh bien, je vous laisse à votre repas. Tiens, mon bonhomme, c'est pour toi.

M. Marleau donne à Charlie un stylo vert au cylindre transparent rempli d'eau dans lequel flotte un minuscule sous-marin.

— Super ! Merci, M'sieu.

M. Marleau s'éclipse avant que je puisse lui parler. À table, Charlie n'a d'yeux que pour son cadeau. À le voir, on jurerait qu'il s'agit là de la huitième merveille du monde.

Que peut-il bien trouver de si extraordinaire dans un bête stylo en plastique ? Puis mon regard croise celui de papa et je lis dans ses yeux qu'il regrette de ne pas en avoir reçu un lui aussi. Décidément, maman a raison quand elle affirme que les hommes sont de grands enfants !

10

Que d'os, que d'os

Mercredi, véritable coup de chance. Une conduite d'eau rompue à l'école entraîne l'annulation des cours jusqu'à nouvel ordre. Rentrée à la maison vers dix heures, je cours rejoindre Mireille à l'hôtel tel que convenu. Puisqu'il fait beau, nous décidons d'emmener Pogo en promenade.

Pogo, c'est le chien de Cunégonde Tremblay, ex-reine du plastique 1948. Mme Tremblay l'appelle ainsi parce que Pogo est un basset. Un « chien saucisse », quoi.

Pogo aime bien venir avec nous, car nous le laissons fureter où il veut. Mme Tremblay nous le confie avec plaisir en nous recommandant de bien prendre soin de lui, comme d'habitude.

Pauvre Pogo ! Mme Tremblay le harnache toujours d'un petit manteau en vinyle doublé de polyester, d'un bonnet en plastique et de bottillons fourrés, du même matériau. Avec ses bottines de plastique, on dirait qu'il marche sur une patinoire, et son bonnet lui tombe tout le temps sur les yeux. C'est pourquoi, sitôt hors de vue, je le débarrasse de son accoutrement. Je plie ses vêtements pour les glisser dans la poche de mon coupe-vent et ouvre le sac en plastique plein de biscuits que Mme Tremblay nous a remis avant de partir.

— Où est-ce qu'on va? demande Mireille.

— Si on faisait un petit tour du côté de la maison du monstre?

Ma proposition n'a pas l'air de l'enchanter.

— Tu n'as pas peur?

— Il fait jour et puis Pogo est là pour nous défendre.

Elle me dévisage, sceptique. Il est vrai que, comme chien de garde, on peut imaginer mieux. Pogo n'a pas l'air terrible avec son ventre qui frotte presque à terre, ses grands yeux tristes et ses oreilles qui battent au vent, mais sa mâchoire est tout de même garnie de crocs impressionnants.

Nous prenons la première ruelle transversale jusqu'au bout, là où la nature reprend ses droits sur l'asphalte. Je détache Pogo pour le laisser courir. Pogo adore dénicher les souris, les mulots et les lapins dans leur terrier. Nous longeons l'arrière des maisons, dans le pré, jusqu'à celle de Mme Tremblay, qui précède la demeure de M. Buisson. Mireille ne cache pas son inquiétude.

— Tu crois vraiment qu'on devrait y aller ?

Si près de la tanière du monstre, je sens ma belle assurance s'effriter. En fin de compte, c'est Pogo qui prend la décision à notre place. À raser le sol comme il le fait, il a dû voir quelque chose qui nous échappe de notre hauteur, car le voilà qui file vers la maison. Il traverse la haie de cèdres par le premier trou venu en aboyant à qui mieux mieux.

— Pogo, Pogo, non, reviens !

Pensez donc ! Il n'en fait qu'à sa tête. Je le suis des yeux à travers les branches. Il trottine à toute vitesse jusqu'au bâtiment, en contourne le coin et disparaît. Là, plus question de reculer.

Je franchis la haie la première, imitée par Mireille, et nous empruntons le même chemin en restant sur nos gardes.

— La voiture n'est pas là, chuchote Mireille.

M. Buisson est sans doute parti faire des courses, mais le monstre doit encore être à l'intérieur. Qui sait s'il ne nous épie pas. Pogo reste invisible et refuse obstinément de répondre à nos appels discrets.

— Où est donc passée cette grande saucisse sur pattes ?

— Ariane, regarde.

Sur le côté de la maison j'aperçois un carré de terre nue entouré d'arbustes. Des groseilliers ou des framboisiers, je ne sais trop. Pogo s'y est réfugié et creuse frénétiquement. La terre vole dans tous les sens. Nous nous précipitons vers lui.

— Pogo, Pogo, arrête.

Nous entendant, il se retourne, un os dans la gueule.

— Ça alors, fait Mireille, il a trouvé un os.

Pogo est si content que sa queue bat la mesure comme un métronome en folie. J'en profite pour rattacher la laisse à son collier. Ainsi, il ne nous faussera plus compagnie.

— Filons, recommande Mireille en jetant un œil inquiet vers la maison. Le monstre pourrait nous surprendre.

— Attends, je veux voir où il a déniché son os.

Je m'approche du trou. La terre est meuble, pas compacte, comme si on l'avait fraîchement retournée. L'os ne devait pas être enterré très profondément. Je distingue quelque chose de blanc recouvert en partie de terre.

Je m'agenouille pour examiner l'objet de plus près.

— Qu'est-ce que tu fabriques, grouille ! insiste Mireille, de plus en plus nerveuse.

— Oui, oui. J'en ai pour une minute.

La terre s'enlève facilement, car il n'a pas encore fait assez froid pour que le sol gèle. Quelques secondes me suffisent pour dégager ce que Pogo a déterré à moitié. En comprenant de quoi il s'agit, je ne peux retenir un cri.

— Quoi ? Qu'est-ce qu'il y a ? Qu'est-ce que c'est ?

— Regarde !

Mireille se penche. Ses yeux s'agrandissent de stupéfaction et elle porte la main à la bouche.

Au fond du trou gît un squelette complet. Un petit squelette. Et de chaque côté sont posés des crânes. J'en compte sept. Sept crânes d'enfants !

À cet instant précis, le ronronnement d'un moteur parvient jusqu'à nous. Nos regards se croisent tandis que la même pensée nous traverse l'esprit : « M. Buisson ! » En vitesse je recouvre les os de terre et nous déguerpissons à toutes jambes.

Une seconde, je crains que Pogo vende la mèche en aboyant, mais il a tellement peur de perdre son os qu'il ne desserrerait pas les mâchoires pour tous les chats du monde. En sûreté derrière la haie, nous suivons les agissements de M. Buisson.

Il tire quelque chose de l'arrière de la voiture. Impossible de dire de quoi il s'agit d'où je suis, mais le paquet est enveloppé dans un drap. M. Buisson le porte dans ses bras. Le linge n'est pas entièrement blanc. De grandes plaques rouges le maculent. DU SANG! Soudain, quelque chose s'agite sous le tissu et une plainte affreuse s'élève, que M. Buisson se hâte d'étouffer avec la main. Il rentre précipitamment dans la maison.

Maintenant, plus aucun doute n'est permis. M. Buisson cache bel et bien un monstre chez lui. Un ogre comme dans les contes de fées, et il vient de lui amener son prochain repas!

11

Démasqué

Le temps est compté. Il faut agir sans tarder pour sauver l'infortuné avant qu'il finisse dans l'assiette de l'ogre. Mais à qui s'adresser ? Papa est parti en tournée. Il ne reviendra qu'au soir. De toute façon, que dira-t-il après les deux fausses alertes précédentes ? Heureusement, Pogo m'a échangé son os contre une saucisse sèche. Cette fois, il sera bien obligé d'admettre que je n'invente pas d'histoires. Mais d'ici ce soir, le pire ne sera-t-il pas déjà arrivé ?

— Il faudrait demander de l'aide, suggère Mireille qui semble lire dans mes pensées.

— Oui, mais à qui ?

Elle propose le sergent Morasse, de la police provinciale. Évidemment, il serait tout désigné. Cependant, Dieu sait dans quel coin il patrouille, et puis, nous croira-t-il ?

— Pourquoi pas Philippe Marleau alors ? Il est détective après tout.

C'est vrai, je l'avais oublié.

— Il me fait un peu l'impression d'un hurluberlu, mais ça vaut la peine d'essayer.

— Tu crois qu'il est dans les parages ?

— Sans doute, on le voit partout, à fouiner et à poser constamment des questions, quand il n'essaie pas de vendre ses stylos.

— M. Aziz sait sûrement où il est.

M. Aziz sait toujours tout ce qui se passe à Saint-Pacôme. Papa prétend que ce doit être ça qu'on appelle le « téléphone arabe ».

Nous filons en vitesse à l'épicerie.

— Des clients, ahuri des îles, des clients ! crie Yasser dès que la cloche de la porte tinte à notre entrée.

Pogo s'élance en aboyant. Yasser et lui, c'est pire que chien et chat. À mon avis, il doit comprendre ses insultes.

Toujours est-il que la laisse me glisse des mains. Malgré ses courtes pattes, deux bonds suffisent à Pogo pour rejoindre l'infortuné cacatoès et refermer les mâchoires sur sa queue. Yasser s'envole avec un cri rauque.

— *Arrrrkh* ! Capitaine du dimanche. *Arrrrkh* !

Pogo revient vers nous en frétillant de la queue, deux longues plumes blanches dans la gueule. Yasser, lui, n'arrête pas de lancer des gros mots à son tortionnaire.

Tout ce brouhaha fait sortir M. Aziz de l'arrière-boutique.

— Qu'est-ce que tu as encore à t'énerver, Yasser. Ah! Mesdemoiselles Ariane et Mireille. Quel bonheur de vous revoir! Mon humble maison resplendit chaque fois que vous l'illuminez de votre radieuse beauté. Je comprends pourquoi Yasser est si excité.

— Ce n'est pas nous, M. Aziz. C'est Pogo.

— Pogo? Ah! Cet abominable boudin sur pattes. Je ne l'avais pas vu. Que puis-je pour votre plaisir?

Mireille prend l'initiative.

— Nous cherchons M. Marleau, le dét… euh… M. Chandeleur, le représentant en stylos. Vous ne sauriez pas où il est, par hasard?

M. Aziz change de mine.

— Ce fils de pourceau! Que Shaïtan l'étouffe, lui et sa progéniture, jusqu'à la dixième génération. Ne me parlez pas de cet homme ou j'en fais une maladie!

Je n'ai jamais vu M. Aziz dans un état pareil. Lui toujours si calme, si pondéré, le voilà qui frise l'apoplexie. Son visage est aussi rouge qu'une tomate et ses bras s'agitent dans tous les sens.

Ce comportement est tellement surprenant que même Yasser et Pogo cessent de se chamailler un instant. Que M. Marleau a-t-il bien pu faire pour le mettre ainsi hors de lui?

Heureusement, je connais un moyen infaillible pour lui rendre sa bonne humeur.

— M. Aziz, vous reste-t-il encore de ces délicieux rahat-loukoums?

L'épicier retrouve instantanément sa mine enjouée.

— Des loukoums? Bien sûr, mademoiselle Ariane. Je vous apporte ça tout de suite.

Le temps qu'il aille chercher les friandises, je lance un regard à Mireille, qui hausse les épaules.

— Dites, M. Aziz, pourquoi lui en voulez-vous tant à M. Chandeleur?

S'il n'y avait pas les loukoums, je suis persuadée qu'il se remettrait en colère.

— Ce chien galeux! Cet immondice! Ce cochon putride! Figurez-vous, mademoiselle Ariane, que, pas plus tard qu'hier, il entre dans mon magasin et me demande : « Seriez-vous intéressé à acheter des stylos? » « Non, merci, que je lui réponds. J'en ai déjà d'excellents » et je lui montre ma marchandise. Ce rat puant a un reniflement de mépris. « Vous appelez ça des stylos? De la camelote, oui. » De la camelote, mademoiselle Ariane! Moi qui m'approvisionne chez les meilleurs fournisseurs!

— Et ensuite, M. Aziz?

— Ensuite? Que tous les djinns de l'enfer lui chatouillent les pieds jusqu'à ce que mort s'ensuive! Ensuite, il veut me vendre les siens, mais quand j'essaie de marchander, ce fils de porc pestiféré me dit qu'il n'est pas un marchand de tapis et que le prix n'est pas négociable. « Nous ne sommes pas dans un souk de la casbah mais au Québec, dit-il. Les prix sont fixés par la loi de la concurrence. » Marchand de tapis! Si je n'étais pas si poli, je l'aurais jeté dehors à coups de babouches dans l'arrière-train. Quand il est parti, je l'ai vu se diriger vers la maison de Mme Tremblay. Que dix mille vers lui transforment les entrailles en fumier!

Nous sortons de l'épicerie avant que M. Aziz meure d'une crise cardiaque. Pogo voudrait encore en découdre avec Yasser, mais un bon coup sur la laisse le ramène à la raison. Il aimerait aussi récupérer l'os, que j'ai glissé dans ma poche. Malheureusement pour lui, même en prenant son élan, il ne sauterait jamais assez haut pour l'attraper.

En arrivant chez Mme Tremblay, nous apercevons justement M. Marleau en grande discussion. Le camelot-détective doit parler affaires, car il ouvre successivement un pan de son imperméable, puis l'autre et en sort trente-six mille stylos. Nous courons vers lui.

— M. Marleau, M. Marleau.

— Tu dois te tromper, petite, répond-il en se retournant. Je ne m'appelle pas Marleau mais Chandeleur.

Là-dessus, il me fait un clin d'œil.

Il est vraiment énervant à changer de nom à tout bout de champ.

— Tenez, Mme Tremblay, on vous ramène Pogo.

— Merci, les enfants, attendez, je vais vous chercher quelques friandises pour la peine.

Le temps qu'elle aille à la cuisine et revienne, je souffle : « M. Marleau, il faut qu'on vous parle, c'est important. »

— Dans une minute. Je suis sur le point de réaliser la vente du siècle. Tu te rends compte, la vieille dame veut m'acheter un exemplaire de chaque stylo parce qu'ils sont en plastique ! C'est merveilleux. Ah ! si tous mes clients étaient comme elle.

Mireille et moi rongeons notre frein le temps qu'il conclue son affaire. La commande signée, il remercie Mme Tremblay et lui remet en prime un stylo qu'elle enfouit dans son tablier en plastique avant de refermer la porte.

— Alors… hum ! **Alors, qu'y a-t-il, les gosses ?**

Quand M. Chandeleur devient M. Marleau,

même son langage est différent. On sait tout de suite à qui on a affaire, au vendeur de stylos ou au détective. Je lui relate la scène à laquelle nous venons d'assister.

— **Kidnapper des mômes pour les bouffer, la vie n'est pas un conte de fées, mignonne. Tu dois te gourer.**

Je m'attendais à ce genre de réflexion, alors, plus d'hésitation, je sors l'argument massue : l'os que Pogo a déterré. Les yeux de M. Marleau s'arrondissent. L'étonnement lui fait retrouver sa voix naturelle.

— Mince alors, on dirait vraiment un os humain.

Il me l'emprunte pour l'examiner de plus près. C'est drôle, on dirait qu'il est ému.

— C'est trop beau, mon premier macchab'.

— Votre quoi ?

— Mac… hum ! **Macchab', macchabée. Mon premier cadavre, quoi. Désolé, mais je ne peux pas vous aider. Un meurtre, c'est bien trop gros pour moi, vaut mieux appeler les poulets.**

— Les poulets ?

— **La flicaille, la police. Elle saura quoi faire. De toute façon, je n'ai pas le temps de m'en occuper, j'ai un voleur à coincer.**

La déception doit se lire sur mon visage, car il reperd subitement sa grosse voix.

— Personne ne veut vous croire, c'est ça, hein?

Nous hochons la tête à l'unisson.

— Bon, je vais quand même aller jeter un coup d'œil. De quoi a-t-il l'air, cet ogre?

Je lui décris l'horrible personnage que j'ai aperçu le soir de l'Halloween puis M. Buisson et plus je parle, plus son expression change. Finalement, il fouille dans une poche et en sort une feuille de papier pliée en quatre. Il la déplie et nous montre un croquis représentant un gros barbu mal coiffé à lunettes.

— Attendez, dit-il. Heureusement, je l'ai dessiné avec mon stylo magique, celui qui efface les fautes et les ratures.

Il exhibe un stylo mauve. Grâce à lui, il gomme les longs cheveux, la barbe et les lunettes, comme si l'encre rentrait à l'intérieur du stylo. Une fois son travail terminé, il retourne la feuille et nous la montre à nouveau.

LA FIGURE EST MAINTENANT CELLE DE M. BUISSON!!!

Ainsi, M. Buisson ne se contente pas de kidnapper et de tuer des enfants, c'est aussi un voleur. Quel monstre!

M. Marleau retrouve subitement sa grosse voix.

— **Vous faites plus de mouron, les gosses.**

Retournez à votre piaule, je m'occupe de tout.

Je ne comprends pas grand-chose à ce qu'il dit, mais je devine qu'il nous conseille de rentrer à la maison.

Qu'un adulte prenne la direction des opérations me soulage. Percer un mystère, d'accord, mais arrêter un assassin, qui sert de la chair humaine en pâture à un ogre par-dessus le marché, cela s'avère un peu hors de mes cordes.

J'abandonne Mireille à l'hôtel. À la maison, je trouve papa assis au salon, en train de feuilleter le journal. Il a dû finir sa tournée plus tôt que prévu. J'ai bien envie de tout lui raconter. Cette fois, il faudra qu'il me croie. J'ai une preuve tangible à lui montrer. Il ne pourra plus prétendre que mon imagination me joue des tours.

— 'jour p'pa.

— Salut, ma puce. Ça va ?

— Oui, regarde ce que le chien de Mme Tremblay a déterré du potager de M. Buisson.

Papa rabat son journal. Bien qu'il me dévisage d'un air désapprobateur, il se garde du moindre commentaire. Il prend l'os, l'examine, le tourne et le retourne dans les mains, puis me le rend et replonge dans sa lecture sans proférer

autre chose qu'un « mouais » désintéressé. Ça alors !

— C'est tout ce que ça te fait ?

— Quoi ?

— Je te montre un os humain qui vient du jardin d'un de nos voisins et tu te bornes à dire « mouais » ?

— Un os humain ? Comme tu y vas ! J'avoue que ça y ressemble, mais ce n'en est pas un. C'est un os de singe.

Son affirmation me laisse baba.

— De singe ? Tu es sûr ?

— Ah oui, aucun doute là-dessus. Un os de chimpanzé, je dirais. Tu devrais le montrer à M. Chandeleur.

— M. Chandeleur, pourquoi ?

— Parce qu'en plus de vendre des stylos, il est détective privé. Je lui ai parlé tantôt. Et actuellement, il est sur la piste d'un voleur. Un voleur de singes.

12

Un plan in-fail-li-ble

La radio l'a annoncé ce matin : toujours pas
d'école, car les travaux ne sont pas terminés.
Tant mieux, parce que je suis drôlement impa-
tiente de savoir ce que M. Marleau a fait pour
mettre fin aux agissements de M. Buisson. Je file
à l'hôtel et, justement, M. Marleau y est, en train
d'avaler son petit-déjeuner.

— Bonjour, M. Marleau.

— Tiens… hum ! **Salut, petite, ça baigne ?**

— Euh… oui. Avez-vous arrêté M. Buisson ?

— **Holà! Vas-y mollo. Avant de coffrer un
type, faut plus de preuves qu'un os et les témoi-
gnages de deux gamines.**

Gamines ! Non mais, il ne nous a pas regar-
dées. Nous sommes presque des adolescentes.

— Des os, il y en a des tas dans son jardin, intervient Mireille à qui la remarque n'a
pas plu.

— **Plus maintenant. J'ai vérifié. La terre venait d'être retournée.**

Zut alors, M. Buisson a dû remarquer quelque chose. Il aura fait disparaître les traces de son crime.

— **J'ai essayé d'entrer chez lui en me faisant passer pour un vendeur de stylos, mais il m'a claqué la lourde au pif sous prétexte qu'il n'écrit qu'à la plume. À la plume, non mais sans blague ! Un mec qui ne peut pas blairer les stylos ne peut foncièrement être qu'un sale type.**

— Mais alors, et l'enfant qu'il séquestre ? Il est peut-être mort à l'heure qu'il est ?

Voyant que je m'énerve, il perd sa grosse voix.

— Allons, calme-toi. Tout d'abord, je ne crois pas qu'il s'agisse d'un enfant. Je pencherais plutôt pour un singe.

Donc, papa avait raison.

— Qu'est-ce qu'il ferait avec un singe ? interroge Mireille. Et les os, et la marmite ?

Je suggère que le singe lui tient peut-être compagnie. Cela expliquerait toutes les bananes qu'il achète à l'épicerie.

M. Marleau n'est pas de cet avis.

— Il n'en est pas à son premier singe. En Asie, leur cervelle est considérée comme un mets délicat, je l'ai lu quelque part. M. Buisson a peut-être un goût immodéré pour les mets chinois.

Je ne peux retenir une moue de dégoût. De la cervelle de singe, pouah !

— Enfant ou singe, dis-je, on ne peut pas rester les bras croisés. Il faut intervenir.

Ma détermination fait sourire M. Marleau qui retrouve sa voix de détective.

— **Si vous voulez me filer un coup de main, j'ai un plan d'enfer pour mettre votre ogre K.-O.**

Il nous met « au parfum », comme il dit.

D'après lui, les grands criminels n'ont qu'une seule envie : se confesser. Mais ils ne parleront pas à la police et encore moins à un vendeur de stylos-détective, de crainte de se retrouver en prison. Cependant, qui se méfierait de deux enfants ? Il suffira de mettre M. Buisson devant les faits accomplis pour que son désir d'avouer soit le plus fort. « C'est in-fail-li-ble », prétend M. Marleau.

Moi, je me méfie. Qui dit que M. Buisson ne nous tuera pas également ?

M. Marleau se fait rassurant. Il restera à proximité, prêt à agir au moindre signe de danger. Oui mais, comment saura-t-il si nous le sommes, en danger ?

— Grâce à ça, affirme-t-il en déposant un

stylo sur la table. Admirez cette merveille. Un chef-d'œuvre de miniaturisation.

— Qu'est-ce que c'est ? demande Mireille.

— Un super émetteur-récepteur multi-directionnel à train d'ondes hertziennes hyper-puissant. Avec lui, si je voulais, je pourrais entendre deux amoureux chuchoter des mots doux à l'autre bout du pays. Il n'en existe qu'un seul autre au monde et c'est le premier ministre du Québec qui l'a acheté pour l'offrir au premier ministre du Canada. Et élégant, en plus. J'y tiens comme à la prunelle de mes yeux. Grâce à ce bidule, je ne perdrai pas un mot de ce que vous direz. Ainsi, je pourrai enregistrer les aveux du monstre et intervenir au moindre pépin.

L'infaillibilité du plan me laisse sceptique, mais je ne vois rien de mieux à tenter pour l'instant.

C'est ainsi que Mireille et moi nous retrouvons une fois de plus à la porte du monstre de Saint-Pacôme.

13

Crîîîouitch !

— Quelle bonne surprise ! Entrez, les enfants. S'il y a une chose à laquelle je ne m'attendais pas, c'est d'être si bien reçue par un homme qui, jusqu'à preuve du contraire, garde un ogre dans sa cave et lui sert des enfants ou du singe au petit-déjeuner, avec des tonnes de fruits et de légumes en guise d'accompagnement.

Quoi qu'il en soit, Mireille et moi lui emboîtons le pas et il nous entraîne dans la cuisine.

— Je suis content de vous voir, j'ai si rarement de la visite. D'ailleurs, vous tombez à pic, j'ai besoin de votre avis. Tenez, goûtez ça.

Il plonge une cuillère dans une sorte de moule en aluminium et l'en retire couverte d'une gelée brun-vert. Mireille me regarde et fait GLOUP ! silencieusement.

— Ne faites pas attention à la couleur, je sais

qu'elle n'est guère appétissante. Vous verrez, la saveur vous surprendra.

Il s'agit sûrement d'un plat à base de singe ou d'autre chose que je n'ose imaginer, mais je crains qu'un refus le mette en colère. Dieu sait ce qui arriverait alors. Je prends donc courageusement la cuillère. En avalant vite, je ne goûterai pas grand-chose. Puis j'ouvre la bouche sous le regard horrifié de Mireille.

M. Buisson n'a pas menti en disant que je serais étonnée. La gelée goûte la réglisse !

— Alors ?

— On dirait du Jell-O à la réglisse.

— Je savais que je réussirais, s'exclame-t-il joyeusement. Pas d'arrière-goût ?

— Non, pourquoi ?

— Parce que je fabrique ma gélatine moi-même avec des os. Il m'a fallu du temps avant de trouver la bonne formule.

Au mot « os », je sens une boule me remonter dans la gorge. Qu'est-ce qu'il m'a fait avaler, le monstre ? Je suis incapable de me retenir.

— Des os ? Des os humains ?

— Des os humains ? Mais qu'est-ce que tu vas chercher là. Des os de bœuf, tout simplement, comme dans l'industrie.

Ah bon ! Je suis déjà plus rassurée. M. Buisson poursuit.

— Je travaille pour une compagnie d'aliments. Je cherche de nouveaux parfums pour les desserts à la gélatine. Mes expériences en exigent beaucoup, alors cela me coûte moins cher de la fabriquer moi-même, c'est tout.

Puisqu'on en est aux confidences, autant en profiter.

— Et les enfants que vous séquestrez à la cave ?

— Les enfants ?

— Ne niez pas, intervient Mireille. Nous vous avons vu en sortir un de la voiture hier, dans un drap taché de sang.

À cette accusation, les épaules de M. Buisson s'effondrent.

— Ainsi, vous savez. Je me doutais bien que je ne pourrais pas le cacher indéfiniment.

Donc, il avoue ! En fin de compte, je ne m'étais pas trompée.

— Voulez-vous les voir ?

Il ouvre la porte de la cave et nous invite à descendre.

— Je vous préviens, dis-je bien fort pour être sûre que M. Marleau m'entend clairement à l'autre bout du stylo. Tout le monde sait que nous sommes ici.

— N'ayez pas peur, je ne vous ferai aucun mal.

La cave est éclairée par des tubes fluorescents, comme à l'hôpital. La comparaison est juste d'ailleurs, car on dirait une clinique.

Il y a des cages remplies d'animaux dans tous les coins : des lapins en partie écorchés, des cobayes couverts de plaies, des rats estropiés, même des singes enveloppés de pansements.

Je m'indigne.

— C'est monstrueux ! Qu'avez-vous fait à ces pauvres bêtes ? Vous les torturez ?

— Mais pas du tout, s'offusque M. Buisson, au contraire. Laissez-moi vous expliquer.

Et de nous raconter son histoire.

M. Buisson est biologiste. Auparavant, il travaillait pour une importante société pharmaceutique qui testait ses produits sur des animaux. Écœuré de voir tant de souffrance autour de lui, M. Buisson a finalement remis sa démission pour se recycler dans la recherche alimentaire et s'est installé à Saint-Pacôme. Malheureusement, le souvenir des animaux le hantait tellement qu'il en a perdu le sommeil. Afin d'apaiser sa conscience, il a décidé d'agir.

Connaissant les codes d'accès du laboratoire, il s'est mis à kidnapper les animaux pour les soigner dans sa cave, puis pour les remettre à un zoo ou à des personnes qui en prendraient soin. D'autres ont eu vent de ce qu'il tentait

d'accomplir, se sont émus et ont voulu l'imiter, à tel point qu'est né un véritable réseau de ravisseurs d'animaux — le ZOORO comme l'ont baptisé les journaux. Voilà pourquoi sa cave est pleine d'animaux malades. C'est pour les nourrir qu'il dévalise l'épicerie de M. Aziz de ses fruits et légumes.

La vérité est bien différente de celle que j'imaginais, mais une chose me tracasse toujours.

— Et le monstre ?

Les sourcils de M. Buisson se froncent en signe de perplexité.

— Quel monstre ?

— Celui qui a les dents de travers et qui a perdu un œil. Où le cachez-vous ?

Les plis qui lui barrent le front témoignent d'un intense effort de réflexion. Tout à coup, son visage s'éclaire.

— Ah oui, je vois ce que tu veux dire. Le monstre. Ha ! ha ! ha ! Elle est bien bonne. C'est toi qui m'espionnais par la fenêtre le soir de l'Halloween. Ha ! ha ! ha ! C'est trop drôle. Le monstre n'existe pas, ce n'est qu'un de mes déguisements. Je change de visage à chaque expédition pour ne pas me faire reconnaître.

Bon, j'ai pu me tromper. Pourtant, je ne suis pas encore convaincue.

— Alors comment expliquez-vous le cimetière dans le jardin ? Et la grosse marmite dans laquelle cuisait une tête ?

Les traits du biologiste s'assombrissent.

— Malheureusement, je n'arrive pas à sauver tous mes pensionnaires. Alors il faut bien que je leur donne une sépulture. Quant à la tête dans la marmite, venez, je vais vous montrer autre chose.

Il remonte à la cuisine. Nous le suivons un étage plus haut et, de là, au grenier.

— Voilà, déclare-t-il en nous cédant le passage.

La pièce sous le toit ne contient que des squelettes ! Des squelettes de lapins, de rats, de chiens, bref de toutes sortes d'animaux.

— C'est mon petit musée, explique M. Buisson. Quand un animal meurt, je l'enterre dans le jardin ou je garde sa dépouille et je la fais bouillir dans une solution phénolique, pour stériliser et blanchir les os, puis je reconstitue le squelette avec du fil de fer. C'est très efficace, mais l'odeur est terrible.

Ça, il peut le dire ! Rien qu'à y penser, j'en ai la nausée.

Nous redescendons. À table, M. Buisson nous sert un verre de lait et des biscuits.

— Maintenant, les enfants, promettez-moi une chose : ne racontez ce que vous venez de voir à personne. Les fabricants de produits pharmaceutiques paieraient une fortune pour me retrouver et démanteler le ZOORO, car, ainsi, ils mettraient fin au sauvetage des animaux. Me jurez-vous de garder le secret?

— Bien sûr, dis-je sans hésiter, et même…

— Que se passe-t-il? Tu es devenue toute pâle. Ça ne va pas?

— M. Marleau… le stylo… il a tout entendu!

— De quoi parles-tu?

Mireille, elle, a compris. Je sors le fameux stylo que M. Marleau a glissé dans la poche intérieure de mon coupe-vent et le montre à notre hôte, qui l'examine avec curiosité.

— Qu'est-ce que c'est que ça?

— On dirait un stylo, mais en réalité, c'est un émetteur hyperminiaturisé à train d'ondes martiennes superpuissant.

J'espère ne pas m'être trompée avec les termes techniques.

— M. Marleau, le détective, nous l'a confié pour vous espionner, ajoute Mireille. Il paraît que c'est un modèle unique au monde. Enfin presque.

En apprenant cela, M. Buisson change de teint. Il devient écarlate, jusqu'au sommet du crâne.

— Ah ! il veut m'espionner ? Eh bien, tu vas voir ce que j'en fais de son précieux émetteur superminiaturisé à train d'ondes vénusiennes. Là !

Avant que je puisse faire quoi que ce soit, il enlève une pantoufle et en assène un grand coup sur le stylo. L'émetteur à super train d'ondes mercuriennes fait « crîîîouitch ». Quelques grésillements et une ou deux étincelles en sortent avant qu'il rende son âme de plastique.

Le plus bizarre pourtant, c'est que, entre les grésillements, on jurerait entendre quelqu'un sangloter.

14

La vengeance est douce au cœur du vendeur de stylos

M. Marleau est de mauvais poil. Et quand je dis de mauvais poil, je pèse mes mots. À mon avis, son humeur massacrante ne présage rien de bon pour M. Buisson et ses petits protégés.

— Il n'avait pas le droit de détruire mon stylo, gémit-il de sa petite voix haut perchée de représentant avant de tonner « **Je me vengerai** » de sa grosse voix de détective.

Après le coup de pantoufle destructeur, nous avons couru jusqu'à la voiture de M. Marleau. À l'air hébété de ce dernier, nous avons compris qu'il n'ignorait rien du sort du superémetteur.

— Il y a eu un gros CRAC, puis plus rien, sauf des parasites. J'ai tout de suite deviné qu'il était arrivé un malheur. Un si beau stylo, et si fiable. **Mais ce faux jeton de Buisson ne l'emportera pas au paradis. Je vais le dénoncer illico aux poulets. Une bonne descente de police et**

hop ! demain il croupira en taule. Nestor sera vengé.

— Nestor ?

— C'est ainsi que j'appelais mon stylo.

J'essaie de le raisonner. Malheureusement, il est tellement en colère qu'il refuse d'entendre raison. Il nous demande de le laisser. Il veut aller noyer son chagrin à l'hôtel.

Mireille et moi respectons son souhait et retournons prévenir M. Buisson.

— C'est une catastrophe ! s'exclame-t-il. Tous mes efforts seront anéantis. Et mes petits pensionnaires ? Dieu sait ce qu'ils vont devenir.

— Ne pourrait-on les déménager avant l'arrivée de la police ?

Il secoue la tête.

— Ils sont trop nombreux. Non, non, c'est fini, j'abandonne ma croisade.

— Il y a sûrement quelque chose à faire. Allons parler à M. Marleau. Après tout, il n'est pas si méchant que ça.

M. Buisson consent à nous accompagner pour plaider sa cause. Nous retrouvons M. Marleau à l'hôtel, assis à une table devant un grand verre de soda mousse. En apercevant le biologiste, il se lève d'un bond et le saisit au collet, puis le secoue comme un prunier.

— Assassin, crie-t-il. Vous avez tué Nestor.

— Aaaa… rrêêê… tez, vouou…. me dooo… nnez le touou… rnis, supplie M. Buisson.

Le père de Mireille est obligé d'intervenir.

— Allons, allons, calmez-vous, dit-il, vous n'êtes plus des gamins.

— Il a tué Nestor. Un pauvre stylo sans défense. La chaise électrique, voilà ce qu'il mérite.

— Je suis sûr qu'il s'agit d'un accident. Là, asseyez-vous. Allons, c'est la maison qui régale. Qu'est-ce que je vous sers, les enfants ?

Nous commandons chacune un Coke pendant que M. Marleau engloutit un autre grand verre de soda mousse. M. Buisson, lui, préfère la sobriété. Je dépose sur la table les restes de « Nestor », mort au champ d'honneur d'un coup de pantoufle assassin. M. Marleau recueille tendrement les débris, des larmes plein les yeux.

— Mon pauvre Nestor. Je t'aimais bien, tu sais.

M. Buisson s'efforce de faire amende honorable.

— Écoutez, je reconnais que j'ai agi précipitamment. Dites-moi son prix, je vous le rembourserai. Vous pourrez vous en procurer un nouveau.

Indigné, M. Marleau se redresse et renverse

son soda mousse qui inonde les morceaux du stylo. C'est rigolo, on dirait presque du sang. Du sang rose pétillant. Pour sa part, M. Marleau serait plutôt rouge tomate.

— Il n'y a pas que l'argent qui compte dans la vie, Meussieu. Nestor était comme un fils pour moi et un fils, ça ne se remplace pas. Je prendrai tous les moyens pour vous mettre hors d'état de nuire. Croyez-moi, vos jours de stylocide sont comptés.

Face à une détermination pareille, M. Buisson ne peut qu'incliner la tête.

— Eh bien, je crois que je n'ai plus rien à faire ici.

Mireille et moi raccompagnons le vieil homme. Il est si abattu qu'il ne dit pas un mot de tout le trajet. Rentré chez lui, il s'assied à la table de la cuisine et se prend la tête entre les mains.

— C'est fini. J'aurais dû le prévoir. Cela ne pouvait durer indéfiniment.

J'essaie de lui remonter le moral.

— Ne vous en faites pas, M. Buisson, je suis persuadée que les choses vont finir par s'arranger.

— Vous êtes gentilles, mais je crois qu'il est temps de remettre les pieds sur terre. Je ne suis pas de taille à lutter contre ces grosses compagnies aux coffres bourrés d'argent. Il était fatal que cela se termine ainsi. Je me console en me disant que j'aurai au moins sauvé quelques-uns de ces pauvres animaux.

Il faut bien laisser M. Buisson parce que l'heure avance et celle du souper approche. J'enrage de me sentir si inutile, d'autant plus qu'à bien y penser, c'est ma curiosité qui a tout déclenché. Néanmoins, je reste persuadée qu'il existe une façon de sortir de cette impasse.

— Si seulement nous pouvions persuader M. Marleau de se taire.

— Oui, mais tu as vu dans quel état il est, me rappelle Mireille. Pour cela, il faudrait vraiment un argument explosif.

Mireille a raison. Sa réflexion met en branle la petite machine que j'ai dans le crâne. Un argument explosif… On ne peut tout de même pas le faire sauter à la dynamite… ou au plastic… Mais oui, la voilà, la solution ! C'est qu'elle est géniale, Mireille. Du plastique ! Pas avec un « c », comme l'explosif. Non, avec « que » à la fin.

15

Cunégonde à la rescousse

J'ai calculé qu'il me faudrait une heure ou deux pour tout organiser le lendemain matin. C'est pourquoi je confie à Mireille la tâche délicate de surveiller M. Marleau et de le retarder à tout prix s'il fait mine de mettre ses menaces à exécution.

Dix heures sonnent quand j'arrive à l'hôtel et, croyez-moi, si M. Marleau n'accepte pas mes conditions, ça va sauter.

Mireille m'avise et s'approche.

— Alors?

— Je n'ai pas eu grand-chose à faire, m'explique-t-elle, il n'est pas encore levé. Il a tellement bu de soda mousse hier soir qu'il a vidé la réserve de l'hôtel.

— Houlala! Quelle histoire pour un stylo!

— Le voilà qui descend.

M. Marleau n'a pas l'air dans son assiette. Ses cheveux s'enfuient dans tous les sens à l'arrière du crâne, tandis que sur le front une couette le fait ressembler à Tintin. Un Tintin passablement fatigué, car les poches qui lui pendent sous les yeux pourraient servir de sacs d'épicerie.

— Si j'ai un conseil à vous donner, les enfants, nous confie-t-il d'une voix pâteuse, c'est de vous tenir loin du « crime-soda ». À partir d'aujourd'hui, je ne bois plus que de la bière d'épinette. Garçon, un chocolat chaud bien tassé pour me remettre d'aplomb.

M. Marleau s'écrase sur une chaise. Nous nous asseyons à côté de lui.

— Une chose me console, grince-t-il des dents. Les jours de liberté de ce sauvage tirent à leur fin. Pas plus tard que tout à l'heure, je dépose mon rapport à la police provinciale. Il ne martyrisera plus de stylo avant longtemps ou je ne m'appelle plus Philippe Marleau.

Nous plaidons une dernière fois la cause de M. Buisson. On ne sait jamais, il paraît que la nuit porte conseil. Mais il est vrai que le dicton reste muet au sujet du soda mousse.

— Je vous en prie, M. Marleau, ne faites pas ça. M. Buisson a cassé votre stylo dans un accès de colère. Il le regrette sincèrement et s'il en avait la possibilité, il le remplacerait. Donnez-lui une chance.

— Plutôt mourir.

Je n'ai jamais rencontré quelqu'un d'aussi

têtu, sauf mon frère Charlie. Cette fois, plus question de reculer. Aux grands maux, les grands remèdes.

— Dites, M. Marleau, vous aimez votre travail ?

— Détective ? Bah ! le métier a ses bons et ses mauvais côtés. Malheureusement, les seconds sont plus fréquents que les premiers.

— Non, pas détective, l'autre travail.

Son visage reprend des couleurs.

— Représentant en stylos ? Ah, ça, ma petite, il n'y a pas plus belle profession au monde. Parcourir les routes, braver le vent et la tempête pour apporter aux gens ce noble instrument sans lequel Victor Hugo n'aurait jamais écrit *Les Lamentables*.

— Euh, je crois qu'on n'avait pas encore inventé le stylo à cette époque, et puis, ce sont *Les Misérables* qu'il a écrit, Victor Hugo, pas *Les Lamentables*.

— Peu importe. S'il avait eu un de mes stylos, je suis persuadé qu'il aurait plutôt écrit *Les Magnifiques*.

— Et ça rapporte beaucoup, vendre des stylos ?

— Je gagne assez pour vivre, mais, pour moi, c'est un sacerdoce, une profession de foi. De nos jours, les gens préfèrent l'ordinateur. Ils ont perdu tout sens des valeurs. L'encre qui sort du stylo, c'est un peu le sang de l'écrivain qui coule sur le papier. Quand je réussis à convaincre quelqu'un de m'en acheter un, je me sens un peu comme le missionnaire qui évangélise un païen.

— Mais l'entreprise qui vous emploie, elle doit bien réclamer des comptes ?

Quand je lui demande ça, il se redresse comme si une guêpe l'avait piqué.

— Ces mercantis ! Ces profiteurs ! Seul l'argent les intéresse. Ils ont même menacé de confisquer ma valise d'échantillons si je n'améliore pas mon rendement. Je crois bien que j'en mourrais.

— Heureusement que Mme Tremblay vous a passé une belle commande.

Ses yeux s'illuminent telles des loupiotes.

— Ah ! ça, tu peux le dire. C'est une vraie bénédiction, cette dame. Mes patrons n'en croiront pas leurs yeux. Je pense que je vais en profiter pour réclamer une augmentation.

— Ce serait vraiment dommage si elle annulait son contrat.

C'est drôle, quand j'évoque cette éventualité, sa mâchoire s'affaisse et fait « CLOUC », comme dans les dessins animés.

— L'annuler ! Ne parle pas de malheur, petite. Quelle catastrophe ce serait !

— Justement.

— Qu'est-ce que tu veux dire, justement ?

Je sens que M. Marleau commence à s'énerver, alors je lâche le morceau.

Mme Tremblay est secrètement amoureuse de M. Buisson. Quand je lui ai appris qu'il pourrait se retrouver en prison, elle en a été bouleversée. Mais je lui ai aussi expliqué comment elle pourrait lui épargner ce triste sort : en annulant sa commande de stylos.

— C'est du chantage ! clame M. Marleau.

— C'est à prendre ou à laisser, lui dis-je en sortant le contrat de ma poche et en faisant mine de le déchirer.

M. Marleau lance un cri d'horreur.

— Pas ça, arrête !

Il pousse un grand soupir.

— C'est bon. Je capitule. Je ne dénoncerai pas M. Buisson, mais je peux faire une croix sur ma carrière de détective. Après un tel échec, plus personne ne voudra de mes services.

— Personne ? Ce n'est pas dit. J'ai peut-être quelque chose à vous proposer.

16

Tout est bien qui finit bien

Un mois s'est écoulé depuis que le mystère du monstre de Saint-Pacôme a été éclairci. La vie dans le village a repris son cours tranquille. Les canalisations sont réparées à l'école et les salles de classe ont retrouvé leur population d'élèves.

M. Buisson soigne toujours ses petits pensionnaires. Mireille et moi allons parfois l'aider à les nourrir, le soir ou la fin de semaine. Il songe d'ailleurs à agrandir son hôpital clandestin, car le nombre de malades ne cesse d'augmenter.

Pour continuer de vendre des stylos, M. Marleau a renoncé à dévoiler que M. Buisson est bel et bien ce voleur d'animaux que recherchent désespérément tous les fabricants de médicaments. Il s'est même réconcilié avec lui. Et pour cause. Notre détective a un nouveau client : le ZOORO. Désormais, ce sont les sociétés pharmaceutiques et les laboratoires qu'il espionne

pour voir si on n'y maltraite pas des animaux. Et, croyez-moi, ce n'est pas le travail qui manque ! Comme il doit agir encore plus discrètement, M. Marleau se sent davantage dans la peau d'un agent secret, métier, soutient-il, encore plus passionnant que celui de détective. C'est pourquoi il nous a demandé de ne plus l'appeler Philippe Marleau, mais Eugène Bonde. Il a même acheté pour sa vieille voiture une plaque d'immatriculation spéciale sur laquelle sont inscrits les chiffres 007 1/2.

L'autre jour, M. Buisson a fait un immense plaisir à M. Marleau. Un de ses amis, qui poursuit des recherches en électronique, a réussi à miniaturiser un puissant émetteur-récepteur et à le glisser à l'intérieur d'un stylo, un superbe stylo-bille noir à ligne dorée qui écrit aussi bien qu'un porte-plume réservoir. Selon cet ami, à partir de maintenant, fabriquer ces stylos en série sera un jeu d'enfant. On pourrait en laisser dans tous les laboratoires du pays car, comme chacun le sait, les savants sont de grands consommateurs de stylos. M. Marleau, ou plutôt M. Bonde, était tout emballé à cette idée. Ainsi il pourra vendre des stylos et espionner en même temps. Joindre l'utile à l'agréable, en quelque sorte.

Pour nous remercier de ces bonnes nouvelles

qui arrivaient un peu grâce à nous, il a tenu à nous faire un cadeau. Lequel? Devinez.

Non, vous ne voyez pas? Vous donnez votre langue au chat? De superbes boucles d'oreilles en or… des boucles d'oreilles qui ressemblent à s'y méprendre à de petits stylos!

Petites questions à l'auteur

Qu'est-ce qui t'a donné l'idée d'écrire ce livre ?

J'ai un copain biologiste qui ramasse les carcasses d'animaux sur le bord des routes et les fait bouillir pour en récupérer le squelette.

Combien as-tu mis de temps pour l'écrire ?

Environ 120 allers et retours d'autobus.

Pourquoi écris-tu pour les jeunes ?

Parce que je refuse de vieillir.

Si tu ne pouvais plus écrire, qu'est-ce que tu ferais ?

Je vendrais des frites.

Table

« Boréal Junior », c'est quoi ?

Il y a d'abord « Junior » tout court : des romans illustrés, faciles à lire, pleins d'actions et d'émotions, des romans qui te feront rire ou pleurer, trembler et rêver.

Il y a aussi « Junior Plus » : des romans différents, toujours passionnants mais un peu plus corsés pour les passionnés, des romans qui te feront sortir de l'ordinaire et qui t'ouvriront de nouveaux horizons.

Tu as aimé ce roman ?

Tu aimeras aussi les autres livres du même auteur publiés au Boréal :

Contes du chat gris.

Nouveaux contes du chat gris.

Le chat gris raconte.

Le Vaisseau du désert, « Les Mésaventures du roi Léon – 1 ».

Un amour de framboisier, « Les Mésaventures du roi Léon – 2 ».

MISE EN PAGES ET TYPOGRAPHIE :
LES ÉDITIONS DU BORÉAL

ACHEVÉ D'IMPRIMER EN JANVIER 1997
SUR LES PRESSES DE L'IMPRIMERIE GAGNÉ
À LOUISEVILLE (QUÉBEC).